熊猫蜀安

李 蓬 著

新 星 出 版 社　NEW STAR PRESS

图书在版编目（CIP）数据

熊猫蜀安 / 李蓬著 . -- 北京：新星出版社，2020.11
ISBN 978-7-5133-3319-1

Ⅰ.①熊… Ⅱ.①李… Ⅲ.①科学幻想小说—中国—当代 Ⅳ.① I247.5

中国版本图书馆 CIP 数据核字（2018）第 273763 号

熊猫蜀安

李　蓬　著

策　　划：谢　斌　杨成春　朱　鹰
责任编辑：汪　欣
特约编辑：洪　与　姚小红　莫金莲　刘德华
责任印制：李珊珊
装帧设计：刘青文

出版发行：新星出版社
出 版 人：马汝军
社　　址：北京市西城区车公庄大街丙 3 号楼　　100044
网　　址：www.newstarpress.com
电　　话：010-88310888
传　　真：010-65270449
法律顾问：北京市岳成律师事务所

读者服务：010-88310811　　service@newstarpress.com
邮购地址：北京市西城区车公庄大街丙 3 号楼　　100044

印　　刷：北京天恒嘉业印刷有限公司
开　　本：890mm×1240mm　1/32
印　　张：7.625
字　　数：122 千字
版　　次：2020 年 11 月第一版　2020 年 11 月第一次印刷
书　　号：ISBN 978-7-5133-3319-1
定　　价：35.00 元

版权专有，侵权必究；如有质量问题，请与印刷厂联系更换。

目 录

- 001 一、出世
- 009 二、金貂
- 016 三、蜀安
- 024 四、争端
- 032 五、山洪
- 039 六、出走
- 047 七、捉贼
- 053 八、嗜武
- 062 九、融合
- 070 十、恩惠

- 077 十一、王者
- 084 十二、夜袭
- 092 十三、使者
- 101 十四、狼战
- 108 十五、犬错
- 116 十六、暴风
- 123 十七、菜羹
- 130 十八、争执
- 137 十九、巴人
- 145 二十、夜探
- 152 二十一、搬迁

- 159　二十二、扬威
- 168　二十三、巨鸟
- 176　二十四、误杀
- 184　二十五、沉尸
- 193　二十六、班师
- 201　二十七、救狼
- 211　二十八、救族
- 220　二十九、秘密
- 227　三十、终决

一、出世

在世上，英雄的出世往往总是伴随着大灾大难。或者说，大灾大难总是在考验着未来的英雄，让其最终成长为英雄。熊猫蜀安便是一个典型的例子，他自生下来以后便屡遭磨难。

时间是在夏末商初，蜀地偏隅西南，北隔北岭（今秦岭），与北方来往甚少。其时，北方夏王暴虐，与奴隶们势同水火，而蜀地却是一片和乐。当然这种和乐并不意味着没有争斗，仅是相对而言。在岷山南麓一带，为了争夺食物，狼族总是极其凶残，时常偷袭他们的邻居熊猫部落与人类蜀山氏族。

熊猫部落永远过着母系氏族的生活。在他们看来，只有母亲的温柔细腻，才能够完成部落发展壮大的重任，而那些公熊猫，除了能够和母熊猫一起制造生命外，似乎没有多大用处。于是，公熊猫在完成使命之后，便被母熊猫赶去了别处。但是再强硬的女汉子也终究是女人，她们有着一定的生理周期，也有着自身的弱点，在她们最软弱的时候，狼族就会把她们当作主要的猎食对象。

蜀安的母亲花獏与其他母熊猫一样，根本不信任丈夫，她在怀胎之后便把丈夫赶出了家门。她独自挺着大肚子，积极地在为分娩做准备。狼族首领多桑注意到了花獏，决定偷袭她。但是花獏很有些力气，多桑几次都是偷袭不成，还差点命丧花獏之手。不过花獏怀有身孕，母性的光环让她变得温柔起来，多桑这才苟全性命，狼狈地逃回了老巢。

但是，多桑亡花獏之心不死。有一次，多桑叫上妻子捣奴，在花獏觅食的路上设伏，差点将花獏猎捕。好在这时熊猫博士金猇路过那里，他打退了多桑夫妇对花獏的围攻，护送着花獏安全回到家里。

金猇知道狼族十分狡猾，一旦盯上猎物，便不会轻易放弃。他们现在或许伤不了花獏，但是等花獏生下孩子，多桑大可将小熊猫一并作为捕食对象，那时花獏顾此失彼，必受其害。金猇劝花獏找回丈夫，可是花獏觉得别的母熊猫都是这样，再说她独自生活惯了，根本不愿意与公熊猫待在一起。她最后采用了一个折中的办法——将家搬到距离地面三米多高的山洞之中。

金猇见了直摇头。花獏却满脸兴奋地说："狼不会爬树，也就伤害不了我的孩子。我只要外出小心些，他们也奈何不了我。"

金猇还要苦劝，花獏便有些不耐烦，讥讽金猇别有用心。金猇有些狼狈，灰溜溜地离开了花獏。就因为熊猫是母系社会，母熊猫便多少有些"女权至上"的思想。金猇博学多闻，知道这样下去不利于熊猫部落的壮大，他很想改变这种局面。可是母熊猫"掌权"惯了，不愿意将权力下放给公熊猫；公熊猫也习惯于悠哉游哉地过日子，他们讥讽金猍异想天开。金猍两边不讨好，便连想当熊猫爸爸的愿望也未能如愿，因为母熊猫谁也不愿与他在谁来承担家庭责任的问题上作纠缠。好在金猍天性乐观，历经发情期的短暂苦闷之后，便又变得开朗起来，也照常帮助熊猫们解决一些疑难问题。别的熊猫虽然讨厌金猍，但是遇到困难时又离不开他，一旦有事金猍便总是找上门来。

时间过得飞快，岷山日渐炎热，花獏眼看就要临盆。此时她在洞中已经准备了充足的食物，单等熊猫婴儿降临。金猍说："夏季的食物不好保存，你挺着肚子，爬树上下多有不便，还是回熊猫村住吧。"

花獏坚定地摇摇头："你不是博士么？不是想振兴熊猫部落么？只有历经磨难，才能担当起重任呢。"

金猍见花獏仍然固执，只得讪讪地回去了。花獏望着金猍远去的背影，眼里终于流露出了一丝感动，心想他究竟是为了什么呢？母熊猫都对他敬而远之，可他还是那样热情。有这样的公熊猫保护自己，不也是一件很快乐的事么？母熊猫再怎么坚强，但毕竟有"女性"的一面，同样需要雄性熊猫的呵护。

如果说母熊猫个个都是女汉子，那么花獏则是女汉子中的汉子——她力大无比，而且脾气暴躁，追捕猎物时常常将一些小动物追得累个半死，最后自动等死。可是在她妊娠期间，因与多桑数次交锋，金貅掺和进来，花獏从内心迸发出了一种异样的感觉。这年岷山的春天来得特别早，还在二月下旬，就已经到处都山花烂漫了。伴随着身体的初始发育成熟，花獏的春心便也过早地荡漾开来，她在寻爱的时候，也是金貅第一个赶过来。花獏知道金貅的处世原则，她可不愿第一次怀孕便碰上另类，于是毅然拒绝。这对金貅来说自然是莫大的侮辱，可是在后来的接触中，金貅似乎忘了这事。

金貅的背影终于消失在了岷山的丛林之中，花獏这才转过身来，望着悬崖上那个叫家的洞穴。她发觉这个家变得有些模糊，连忙伸前爪揉揉眼睛，这才发觉自己的眼睛里满含泪水，它们模糊了视线。她擦干泪水，忽然傻想：其实金貅也蛮可怜，我要不要给他一次当爸爸的机会呢？想到这里，她不觉脸上有些发烧，不由自主地用前爪捂住双脸。这时隐隐传来了恶狼的嚎叫，花獏知道自己临盆在即，体力上已大打折扣，不敢大意，连忙蹒跚着走向洞口的那株青帐树。

或许是由于数次与多桑夫妇搏斗，早已动了胎气之故，这次花獏爬树显得特别吃力,而肚子也开始一阵阵绞痛。花獏曾经问过其他母熊猫,预测自己临盆可能比她们要早些。于是咬紧牙关,奋力地往树上爬。由于用力过猛,树干上留下了一道道印痕。

终于,花獏的前爪搭在了家里的地板上。可是忽然后腿失去了力道,便整个身子立即悬在了半空中。花獏连忙咬紧牙关,前爪紧紧地抠着地板,后爪试图往上跃,哪怕搭在树枝上也行。接连试了6次,均未成功,花獏不觉有些后悔没有听从金貅劝告,这一摔下去必然身死无疑。但她到底是女汉子,用尽全力奋力一跃,最后终于跃入了家里。待全身平躺在地板上时,花獏已经累得奄奄一息,甚至无力看一眼悬崖下面的恶狼。

此时,整个岷山忽然变得异常宁静,恶狼的嚎叫声也凭空消失了。花獏静静地在地上躺了半响,这才爬向食物——一只被咬断脖子的野兔。那只野兔在被花獏带回来的路上就流干了鲜血,现在身上只有点点殷红,但是花獏看到那丝丝血迹,忽然感到一阵恶心,她的肚子疼得更厉害了。

花獏连忙爬向事先准备好的干草,躺在上面大口大口地直喘粗气。这时她只觉下体一热,一个粉红色的带有稀疏白毛的熊猫婴儿从她体内分离出来。花獏兴奋极了,心想小家伙终于出来了，这可是自己第一次育子呀！

　　花獏想挪动身子，伸舌头舔一下她的孩子，但是她的大肚子并没有消下去，她仍觉肚疼不已。花獏已经没了挪动身子的力气，她心里直说：我这是怎么啦？

　　忽然，花獏只觉一阵天旋地转，便猛地一挣，顿时下体又是一热，又一个熊猫婴儿滚了出来。原来是双胞胎！花獏终于清醒过来，她知道其他母熊猫也有产出过双胞胎，但她没想到自己第一次怀孕便是双胞胎。她兴奋极了，不由得力气大振，扭头去看看这对孩子。这时她的心一沉，原来这两个熊猫婴儿一大一小，区别十分明显。也难怪产下哥哥之后，肚子还是那样疼痛，原来还有一个壮实的弟弟在里面。为什么不能产两只健康的熊猫婴儿呢？

　　正当她胡思乱想之际，花獏忽然感觉到山洞在摇晃。她放眼朝外面望去，洞前的青帐树也在跟着摇晃，绝对不是以前刮大风的样子。花獏连忙本能地俯身呵护孩子，她的前爪不知不觉护住了那个较大的婴儿。这时婴儿哥哥微弱地叫了一声，花獏连忙朝他望过去——的确太小，简直就像一个野兔婴儿，他能够长得像别的熊猫那样壮实么？

　　大地继续在摇晃，崖上的泥土、碎石，以及其他杂物直往下掉落，在她的家门前形成了一幅"泥帘"。花獏知道，这个家已经变得极其危险,她必须赶快撤离这里。两个孩子自然无法全部带走,她只能带走一个。在这电光石火般的时间里,她很快就做出了决定——带走健壮的弟弟。振兴熊猫部落,必须要有强健的体魄。弱小的哥哥,只会是熊猫部落的累赘!

花獏全然忘记了地面上还有恶狼在候着她,她只知道她得尽快返回地面。虽然是在产后,但是凭着一种天然的母爱,花獏打内心油然生起一股强大的力量。她用嘴衔起熊猫弟弟,一跃而跳到了青樟树上,紧接着四爪交替,很快就从青樟树上滑落到了地面。好在地面上并没有恶狼的踪影,这时山上的石块、泥土、杂草,甚至还有一些小动物,继续在朝下面滚落着,有好几次还打在了花獏的身上。但她已经忘记了疼痛,带着孩子飞一般地逃离了那个不安全的家。

山洞里,只剩下熊猫婴儿哥哥在无助地哭泣——这就是未来的英雄蜀安。他或许不知道恐惧,但是世间任何生物,对生命都有一种天然的直觉,死亡的阴影正朝他袭来。可是他太弱小了,甚至连眼睛都没法睁开,又怎能摆脱死亡的笼罩呢。

岷山终于停止了震动,一切又似乎恢复了平静。但是很快地,一阵刺耳的怪叫声打破了寂静。紧接着,传来如同猛兽横穿草丛般的猎猎声响,只见一只形似驼鸟,但要大出许多的怪鸟出现在了山洞附近。那只怪鸟似乎听到了熊猫婴儿的啼叫声,于是迈着沉重的步子缓缓地走过来。此时山上尚没有完全停止掉落石块和泥土,那些石块、泥土打在怪鸟身上,怪鸟却浑然不觉。

二、金貅

再大度的人也都有小气的时候，只不过他们不会记仇，小气很快就会过去，于是在别人看来，那人的确很有雅量。

金貅便是一个十分大度的人，严格来说，他是一只很大度的熊猫。当花獏对他的忠告冷嘲热讽时，金貅的确很生气，他决定不再搭理花獏，要当一只高傲的公熊猫。只不过当他看到人类蜀山氏族的首领蚕丛行色匆匆时，金貅便立即忘掉了不快。他得赶过去质问蚕丛来自何处，因为蚕丛显然是从岷山中的熊猫禁地走出来的。那简直太可怕了！

那块禁地其实就是山坳里的一块平地，那里与其他地方的泥土别无二样，但却寸草不生，正中间有一块凸起的巨石。这块巨石有点像雄性生物的生殖器，顶上还长有一棵巨树，巨树上时常长出比成人手掌还要大的树叶，那些树叶有点像鸭梨。真正的"禁"便在巨石这里。自然地，平地是熊猫部落的禁地，人类通常无法过来。可是熊猫天生就是一种随心所欲的生物，哪怕别人侵犯了他一点点的利益也会得到谅解。蚕丛不知怎么跑来了熊猫禁地，而且也没见别的熊猫出面干预。可是金貅不乐意了，他觉得蚕丛形迹可疑，甚至有可能惹出大祸来，他决定追过去查问究竟。

金猕眼看就要追上蚕丛，这时可怕的地震发生了。霎时，地动山摇，飞扬的尘土翳蔽天日。金猕只略略一呆，便立即捶胸顿足，直说："到底还是发生了！"

地震持续的时间并不长，很快就过去了。金猕放弃了追问蚕丛，他转身向熊猫村里跑去。此时熊猫村已经乱成了一团，母熊猫护着幼崽从家里蹿了出来，脸上满是惊恐。公熊猫一改往日的惰性，站在洞外呆呆地盯着那些母熊猫，在心里盘算着要不要过去保护她们。可是母熊猫是天生的女汉子，这让公熊猫们多少有些敬畏，不敢靠近。其实再凶猛的女汉子，只要遇到大灾大难，便会渴望来自雄性的保护，只不过那些公熊猫不知道罢了。

当金猕出现在熊猫们面前的时候，谁也没有理会他的到来，依然是怀着极其复杂的心情，盘算着、纠结着。金猕扫了大家一眼，大声说："出大事了！"

大家仍然有些呆模呆样，盯着他不知所措。金猕又说："恐怖鸟出来了！"

熊猫们一怔，旋即满脸不屑的样子，齐声说："耶，你又是哪里来的高谈阔论？"

此言一出，熊猫们便立即议论纷纷，暂时忘掉了恐惧。他们也明白，平日遇有问题总喜欢找金猕出出主意，可是他们就是不愿意承认金狲比他们知道得更多。

金狲大声说："你们难道没有听说过咱们熊猫部落的古老传说么？"

公熊猫阿银说："我当然听说过，那只不过是一个传说。"

金狲认真地说："是真的。男子汉们，跟我走，是时候承担责任了。"

几只公熊猫听了他的鼓动之言，有些跃跃欲试。谁知这时母熊猫圆尾说："说到底，你还是想与咱们母熊猫一争高低。"

此言一出，那几只跃跃欲试的公熊猫便又退了回去。他们也想表现自己，不过他们也想到了金狲的结局——没有母熊猫喜欢他，只能打一辈子光棍。那些公熊猫可不愿在每年三月前后，像金狲那样失去当爸爸的机会。

金狲把目光锁定在了花刺子身上。花刺子是一只可怜的母熊猫，每次怀孕都遭遇意外流产，因此在母熊猫中颇有些抬不起头来。金狲走向花刺子，花刺子便显得有些紧张。其实两只熊猫都有共同之处，没有其他族类愿意与他们交往，花刺子唯一的优势就是她作为母熊猫，发情的时候总有公熊猫愿意配合她。金狲也曾试图与花刺子结为夫妻，可是花刺子既有一种期盼，又显得很不情愿——或许是怕遭受其他熊猫的嘲笑吧。此时金狲走向花刺子，花刺子只觉得连心都快要跳出来了，别的熊猫也都在盯着他们，都在想他们是什么时候勾搭上的。

金貅很快就走到了花刺子身边，他一字一顿地说："帮我照顾好他们！"

没有更多的言语，金貅转身就走。金貅没有解释，仿佛花刺子本来就是他的红颜知己，她完全能够理解他的一言一行。待花刺子缓过神来，金貅已经不见了。金貅不仅是熊猫博士，更是神行者，他总是来去匆匆。花刺子扫了一眼大家，她发觉其实没有哪只熊猫嘲笑她，而是对她充满着一种尊敬。一只值得熊猫博士重托的熊猫自然是一只不同凡响的熊猫，她当然应该获得大家的尊敬！原来平日里熊猫们虽然都在嘲笑、调侃金貅，但其实每只熊猫都打内心里尊敬他。那些嘲笑不过是一种变相的友善罢了。

这时他们听到了刺耳的怪叫声，大家不觉心里一紧，恐惧再度袭来。这时，公熊猫们也不知从哪里迸发出一股勇气，纷纷跑到母熊猫身边，呵护着自己的妻子和孩子。母熊猫们没再排斥他们，而是小鸟依人般迎接着丈夫们的帮助。

但是金貅已经看不到这一幕了，他同样听到了怪叫声，他知道怪叫声是恐怖鸟发出来的。声音从花獴家那边传过来，他担心花獴遇到了危险。虽然他也明白仅凭自己的一己之力，断不是恐怖鸟的对手。但明知山有虎，偏向虎山行！以前他也这样做过，而且总是取得了成功。这次与往日不同，他或许会命丧恐怖鸟之手，可是他依然如故，勇往直前。

花獏家的洞穴距离地面足有三米多高，完全可以躲避恶狼多桑的袭击。然而恐怖鸟伸长脖子，身高便超过了三米，这样的洞穴对他来说自然不在话下。他隔老远就嗅到了熊猫婴儿的气息，他也知道捕食熊猫婴儿的重要性，所以根本不顾从山上掉落下来的杂物。

恐怖鸟很快就来到了花獏的家门口，他得意地怪叫一声，伸嘴便要吞食那个熊猫婴儿。这时一根破竹棍击在了他的腿上，竹棍裂开，篾片伤人尤为疼痛，而破竹棍击打的地方正是恐怖鸟的新伤之处，那里还在汩汩地流着鲜血，这一棍是何等的疼痛！

恐怖鸟扭头一看，便看到了手执破竹棍的金狲。金狲也是第一次看到这只形似驼鸟的巨大怪鸟，他早已听说过对方的传说，因此一点儿也不敢大意。他不等恐怖鸟反应过来，便接连猛击恐怖鸟的双腿。金狲较恐怖鸟要矮许多，他只能使这趟"地趟棍"。腿是基础，基础不牢，地动山摇。恐怖鸟难忍疼痛，遂张开双翅，猛地向金狲扇过来。

金狲不敢硬接，连忙就势一滚，躲到了一边。恐怖鸟的双翅落了空，他愤怒地瞪着金貅。金貅小心翼翼地寻找着恐怖鸟的破绽。双方都僵持着。金貅脑中灵光一现，他早就听说过，恐怖鸟力大无穷，即便狮子、猛虎也不是其对手，可以说是继恐龙之后的又一凶猛生物。可是这只恐怖鸟怎么并不像传说中的那样厉害，难道？——

金貅扫了一眼恐怖鸟的周身，渐渐明白奥妙所在，原来恐怖鸟浑身是伤，新伤之后自然乏力。金貅不由地精神大振，举起破竹棍继续朝恐怖鸟击打过去。恐怖鸟连忙展翅还击，这次金貅毫不畏惧，迎着恐怖鸟的翅膀与之搏斗。

斗了一阵，恐怖鸟显得极不耐烦，爪抓、嘴啄、翅扇，交替进行。但是金貅行动如风，轻易地避开了恐怖鸟的攻击，甚至还有好几次将竹棍打在了恐怖鸟的身上。只是恐怖鸟确实皮粗毛厚，金貅的破竹棍一时之间倒也奈何他不得。

这时熊猫婴儿不合时宜地哭叫起来，声声直击金貅耳膜。恐怖鸟喋喋怪叫道："你只要让我带走它，我就放过你！"

金貅冷笑着说："我看你还能够耗多久，大批熊猫们马上就要赶来了。"

这话自然是虚张声势，也不知恐怖鸟是信以为真，还是其他原因，他忽然伸翅向金貅扇过来。金貅将破竹棍举得笔直，迎着恐怖鸟的翅膀，心想翅膀只要挨着破竹棍，篾片、竹签便会刺进他的翅膀之中。可是恐怖鸟并没有真正袭击金猕，而是退了开去，紧接着转身向山下跑了。

金猕这才明白恐怖鸟受伤远比自己想象中还要严重，心想此时不除，更待何时？他丢下竹棍，举起一块巨石朝恐怖鸟扔了过去。但是恐怖鸟在重伤之下依然奔跑迅捷，他躲过了巨石的袭击。金猕想朝他追过去，这时熊猫婴儿的哭叫声也在撕裂着金猕的心。金猕明白，花獏准是生有两个孩子，遇到灾难，她抱着健康的孩子逃走了。体弱的孩子，要是再耽搁一些时间，他还能挺得住么？

金猕于是攀青帐树而上，来到了花獏家里，他看到了那只熊猫婴儿。金猕抱起婴儿，那婴儿出于本能，伸嘴便往金猕的胸前衔来。可是婴儿扑了个空，哭得更加厉害了。

金猕叹了口气，自言自语道："可怜的孩子，我不是你的妈妈，我要当你的爸爸。"

三、蜀安

对于女人来说，哪怕再对男人心存好感，但是心仪的男人一旦出现，她便会故意变得冷冰冰的，甚至默默地走开，哪怕宁愿抱憾终身也是如此。

谁也没法说清花刺子对金貅的感情——两只同样有着遗憾的熊猫，金貅没有当爸爸的机会，而花刺子也是年年失去了当妈妈的机会。按理，花刺子一旦与金貅好上，金貅的足智多谋或许能够解决花刺子怀胎失败的问题，可是他们硬是没能走到一起。

这次地震之后，金貅交给了花刺子一项重要使命，要她替自己照看那十余只未成年的熊猫。这些小熊猫其实都是熊猫中的弃儿——当母熊猫生下两个孩子但只能养活一个孩子时，她们总要放弃那些体弱的婴儿，为此金貅不知说过她们多少次，要母亲珍惜儿女的生命。只可惜没有哪只母熊猫理会他的话，便连公熊猫也在嘲笑他多管闲事。最后金貅只得抚养那些弃儿，成了熊猫之中唯一的一个爸爸。金貅未能说服熊猫们共同对付恐怖鸟，他自知凶多吉少，便委托花刺子在自己遭遇不测时帮助他照看那些弱小的未成年熊猫。

花刺子便在熊猫们尊敬的眼光下毅然前去保护幼崽。可是未过半天，她便看到金貅又抱着一只熊猫幼崽回来了。金貅的家在一块外凸的大石头下面，有两面朝外通风，严格来说还不能称之为"洞"。为了躲避寒暑，金貅将朝外通风的地方用树枝挡着。地震发生时，小熊猫们个个吓得手足无措，直到地震平息后才知道跑出来躲闪。花刺子来后不久便抚平了他们的内心恐惧，此时金貅一出现，小熊猫们便满腹委屈地跑过来团团围住他。花刺子本来还与他们欢歌笑语，一看到金貅，便又恢复了冷冰冰的模样，默默地走开了，临走前还不忘偷偷地张望一眼金貅怀里的熊猫婴儿。她似乎在想：哪怕是再弱小的婴儿，她也不会抛弃。熊猫与人类都是这样，只有没得到才知道可贵！

金貅叫了一声"花刺子"，他想对她说声"谢谢"，可是花刺子装作没听见，继续往前走。金貅想朝花刺子追过去，但是那些不懂事的小熊猫们团团围住了他，金貅根本没法挪身。那些小熊猫也看到了金貅怀里抱着的熊猫婴儿。小熊猫洞哥摸着熊猫婴儿说："呀，好小哟！"

另一只小熊猫尕花说："小心，别摸。"待洞哥的爪子缩回去后，她又补充说："你小时候还不是和他一样？"

洞哥说："不对，我要大得多。"他仰起头，黑溜溜的眼珠子一闪不闪，问金貅："爸爸，我小时候是不是比他大？"

金貅笑了:"你们都是从婴儿长大的。"

尕花问:"他叫什么名字?"

洞哥抢着说:"当然没有名字,咱们都是被爸爸抱回来后才取的名字。要不这样,取名震生如何?地震时出生的。"

金貅收敛了笑容,心想岷山真是发生了地震么?其实是恐怖鸟逃脱了封印啊!洞哥本来是小熊猫中最顽皮的一个,这次的经历让他成长了不少,他见金貅神色忧郁,便不敢多言。金貅暗想:恐怖鸟受了伤,这是先前所未料到的,但愿他伤重就此死去,那就能够免掉一场生灵浩劫。他扫了孩子们一眼,见大家都在盯着自己,遂说:"只有安全才是咱们之幸,就叫他'蜀安'吧。"

尕花立即鼓掌说:"好哩!就叫他'蜀安'!"

洞哥不服气地瞪了尕花一眼,说:"'蜀安'有什么好听的?"他抬头望了一眼金貅,吐了吐舌头,跑向了一边。其余的小熊猫们都一哄而散,只有尕花找来山里的野果,挤着果浆帮金貅给蜀安喂食。蜀安自出生以后,一直未曾吸奶,之前是饿了哭,哭累了睡,饿醒了接着哭,如此循环。现在喝了水果汁,便也渐渐平息下来,睡着了。

尕花用干草为蜀安铺好了床,金貅小心地将蜀安放在床上。金貅直起身来,顿时只觉浑身酸软。原来恐怖鸟从地底下逃脱，在挣扎时受了重伤，金貅这才与他打了一个平手。当时金貅早已力竭，只是凭借着振兴熊猫部落的信念，硬是撑着才将蜀安抱回了家中。现在诸事甫毕，他放松下来，便立即感觉到了身体的不适。尕花连忙用竹筒打来一筒水，递给金貅喝下。金貅喝完那筒水，便睡了过去。

待金貅醒过来时，已是晚上。他是被凄厉的哭叫声惊醒的，哭叫声其实并不大，以致那些小熊猫们都没能听到，但是金貅有着一种天然的直觉。他知道哭声是蜀安发出来的。而声音已经是在洞的外面。蜀安刚出生一天，眼睛尚未睁开，自然不会走路。金貅以为是恐怖鸟偷偷跑来吞食蜀安，他明知恐怖鸟只要再度出现，伤势必然又恢复了一分，那么自己则更多一分危险，但是他别无选择，他必须杀死恐怖鸟。

金貅快如闪电般奔向了哭叫声，面前出现了一个比恐怖鸟要矮得多的黑影，正是狼王多桑。多桑一般不敢轻易招惹金貅，他主要是袭击那些落单的母熊猫，但是这次地震使得熊猫们聚在了一起，多桑没法下手，便冒险跑来滋扰金貅。他选择蜀安下手，是考虑蜀安尚是婴儿，比其他熊猫更好对付。虽然蜀安还不够他吃一顿，但是只要抓走蜀安，金貅多少会心存顾忌，那时他再邀来群狼对付其他小熊猫，就会更占优势。

可是金貅全靠一口勇气支撑，而这口勇气是用以对付恐怖鸟的。他看到多桑，勇气并没有消退，他一掌击在了多桑的背上。多桑顿时疼得直咧嘴，蜀安便从他的嘴里掉到了地上，立即被摔得哇哇大哭。金貅顾不得抱起蜀安，再度出手击向多桑。这时尕花跑了过来，抱起地上的蜀安，安抚他的情绪。

几掌之后，多桑被打瘫在了地上，金貅便将其捆住并带回家里面。其他小熊猫早已被他们的打斗声吵醒。小熊猫们纷纷叫嚷着杀死多桑这个坏蛋。这时外面传来阵阵狼嚎声，小熊猫们便都变了脸色，不敢再出声。

很快地，狼王后捣奴来到了金貅的家门口。金貅便走了出去。捣奴说："求求你，放了多桑，我发誓再也不来侵犯你们。"

金貅知道狼族素来狡黠，自然不愿放走多桑，而蜀安的哭叫声让他灵机一动。他说："要不这样，你喂足蜀安三个月的奶，我便放了他。"

捣奴急了："什么？我是狼王多桑的王后，你让我喂小熊猫，哪有这样的道理？"

金貅说："你只要肯喂蜀安，那么蜀安也就有了你的血统，咱们熊猫与狼族便是一家，我自然相信你的誓言。"

捣奴无奈，只得答应下来。金貅遂让尕花抱着蜀安出来。尕花有些心惧捣奴，于是慢慢地走向她。借着柔和的月光，捣奴看到尕花长得细皮嫩肉，不觉咽了一口唾沫，暗想要是能够吃到如此鲜美的熊猫肉那该多好呀！可是为了丈夫，她只能收敛起那个不切实际的幻想。

蜀安并不知道捣奴是否是自己的母亲，他张嘴含着狼奶，便感觉到了极度的舒坦，前爪便也在捣奴的身上轻轻磨蹭，甚至还用头拱拱捣奴的胸脯。捣奴原本极度厌恶蜀安，恨不得立即将其咬死，但是蜀安的撒娇，让她觉得仿佛是在喂养自己的孩子，她眼里的凶残便也开始变得柔和起来。直到蜀安吸足了奶，含着狼奶安静地睡去，捣奴这才轻轻地挣脱开来，柔声说："他睡着了。"

尕花走向捣奴，抱回蜀安。金貅说："你先回去吧，我会喂食你的丈夫。"

捣奴想提高声音询问丈夫，但她看到安静的蜀安，终于忍住，恋恋不舍地离开了金貅家里。

金貅给多桑喂了一只野兔，多桑满眼仇恨，但又无可奈何。金貅说："你妻子只要喂足蜀安三个月的奶，我便会放了你。"

多桑失声说："狼王后也真是的，怎么可以喂养仇人的孩子呢？"

金貅说:"岷山那么大,咱们何必要结仇?"

多桑便不说话了。其实夏末商初,岷山之阳气候宜人,狼族、熊猫与人类便都想在这里生活,当然也还有其他一些小动物。只是由于进化,狼族、熊猫与人类能够互通语言,而其他小动物已无法与他们对话,于是那些小动物便成了三者的猎食对象。只不过狼族总认为自己才是世间最高贵的物种,觉得人类既软弱又狡诈,熊猫既温顺又笨拙,狼族于是想以熊猫与人类为食。没想到人类的力气虽然相对弱小,却有相当高的智慧,这让多桑无可奈何。他只能转为去打熊猫的主意,可偏偏又遇到了以智慧著称的熊猫博士。这真是既生瑜,何生亮啊!

如此一来,捣奴只得每天按时过来喂养蜀安。其间她也与多桑说过话,见多桑身受重伤,便对金貅凭空增添了几分恨意,有时甚至想伺机杀死蜀安。可是丈夫命悬金貅之手,她只得怀着矛盾的心情来喂食蜀安。

金貅算准了捣奴的心思,便不对她加以提防。他最担心的还是那只恐怖鸟,遂将遇到恐怖鸟的经过向成年熊猫们说了。只是在整个熊猫部落里,没有谁会相信他的话,就连花刺子也恢复了对他的不理不睬。金貅无可奈何,便心想解铃还须系铃人,蚕丛无意中解开封印,放出恐怖鸟,他只能找蚕丛商量，希望联合人类的力量，共同对付恐怖鸟。只不过金狨与恐怖鸟交战之后身体尚未彻底复原，他担心蚕丛不但不会听他的话，甚至还会将他捉住，以他为食。金狨便只能耐心地等待着身体的复原。

四、争端

蜀安不知不觉快满三个月了，到了蹒跚学步的时候，但他似乎对走路这种最基本的活动不感兴趣。最初金狲曾让尕花教他，蜀安对尕花的教学充耳不闻。尕花想牵着蜀安一步一步地往前走，蜀安忽然变得脾气暴躁起来，对尕花露出凶牙利齿。

金狲无奈，只得亲自教这个笨拙的孩子，没想到蜀安仍然不领他的情。当然，蜀安也并非排斥所有的恩人，他对捣奴似乎有着一种特别的感情。金狲疑心捣奴在使坏，但他也知道，狼族虽然性情凶残，但也不失为一个光明磊落的生物族种，答应了的事情断不会出尔反尔。凭着他的博学广闻，金狲知道，蜀安准是患了一种不擅长学习的毛病。他自然无法想到，蜀安患的病症乃是一种可怕的自闭症。

患自闭症的孩子犹如天上的星星，一人一个世界，独自闪烁，因此人们习惯地把他们称作"来自星星的孩子"。自闭症也叫孤独症，其患者有视力却不愿和你对视，有语言却很难和你交流，有听力却总是充耳不闻，有行为却总与你的愿望相违。谁也无法解释个中原因，蜀安就是这样的一只熊猫。

"七月流火，九月授衣"，岷山的天气日渐转凉，捣奴眼看着约期快要结束,想着不久就能与丈夫团聚,心情自然十分高兴。这天,金貅的话却让她犹如当头被泼了一盆冷水。

金貅说:"蜀安怎么就只听你的话呢?你是不是用了什么特别的法子?"

捣奴也知道熊猫的生长发育规律,心想蜀安按理该学会走路了啊,可他为什么不会呢?她便老老实实回答:"他会不会是吃了狼奶就有了别的变化呢?"

金貅说:"要不这样,你再喂他一段时间的奶,我再想想办法。"

原来金貅心想天气日渐转凉,而蜀安生下来后体质偏弱,他或许得等次年春暖花开以后才会有转机,于是想延长喂奶约期。捣奴说啥也不乐意,因为在多桑被关押的这三个月里,早有别的公狼在觊觎狼王位置,她虽然千方百计从中调和,但她到底只是一头母狼,她担心日久生变。可是多桑在金貅手上,捣奴只要拒绝,金貅便以多桑的性命相要挟。

想不到熊猫也变得与人类一样狡猾!捣奴愤愤不已,她甚至想杀死蜀安——只是蜀安吃了她三个月的奶,她对蜀安已经有了一种别样的感情。再说这三个月里,尕花、洞哥等熊猫起初还对她有些害怕,时日一久,关系也渐渐融洽——这也是其他公狼想造反的原因,他们觉得捣奴正在丧失狼性,而多桑被关押三个月,兴许同样会丧失狼性。一对失去狼性的夫妇自然无法统治整个狼族。捣奴变得不高兴,她那凶残的一面便也显露了出来,洞哥看到后就警告其他小熊猫,叫大家不要单独与捣奴见面。捣奴见众小熊猫视自己为敌人,心头更加有气。

这天正好三个月期满,捣奴刚走到金貅家的崖坎下面,便听到小熊猫们在家里大声争吵。她仔细一听,却是洞哥与众小熊猫在嘲笑蜀安是狼族变的,所以不与熊猫们合群。尕花替蜀安辩解,而蜀安无动于衷。为了气哭尕花,洞哥故意动手欺负蜀安。蜀安对落在他身上的拳脚不闻不问,仿佛与他无关。尕花在阻拦时也挨了众小熊猫们的拳脚。这事按理与捣奴无关,可是洞哥兴犹未尽,嘲笑蜀安也还罢了,最后居然牵扯到了整个狼族,说狼王后害怕熊猫。

捣奴大怒,心想洞哥虽然只是熊猫孩子,可是若没有金貅平日里的教唆,断不敢如此说话,她猛地跃上了崖坎。洞哥着实吓了一跳,连忙率众小熊猫一哄而散,只有尕花仍然护着蜀安在那里嘤嘤哭泣。捣奴几步跃到他们面前,张嘴便将尕花的左前爪咬住。蜀安见了,连忙伸前爪来推捣奴。捣奴松开了嘴,尕花的左前爪上顿时露出几个血印。捣奴见到血迹,不觉狼性又起。此时蜀安似乎悟出了什么,反而护在了尕花身前。捣奴见到眼前的蜀安，联想到丈夫命悬金貅之手，凶性渐退。蜀安见捣奴没有再往前扑，遂迎了过去，开始含住捣奴的奶。尕花不敢久留，匆匆忙忙溜了出去，但她放心不下蜀安，就躲在附近偷偷地朝捣奴与蜀安这边张望。

未等蜀安吃完奶，金貅便回来了。捣奴想起那些淘气的孩子，气愤不已，便道出了事情经过，只是隐瞒了咬伤尕花的情节。金貅正要说话，这时尕花跑了出来。金貅见尕花左前爪受伤，忙问原因。尕花遂补充了事情经过。金貅很生气，但想洞哥等失礼在前，倒也不好过分责怪捣奴，只是希望她不要与小孩子们计较。捣奴要金貅放出多桑，她表示仍将履约前来喂养蜀安。金貅说啥也不同意。捣奴气急，说："你若真要这样的话，那我就回去发动整个狼族，来拼个你死我活。"

金貅说："向来仗无好仗，咱们为什么不能和谐相处呢？再说你丈夫在我这里养得好好的，比以前还要健壮。"

捣奴说："我是担心那些小熊猫们，他们可不如你这般讲理。"

金貅只好安慰捣奴，表示一定会好好管束众小熊猫。他们正说着话，这时花刺子匆匆跑了过来，她慌慌张张地说："不好了，洞哥被人类包围住了。"

金貅一惊，忙问原因。花刺子说："我也不知道，我在山上看得真切,有五只小熊猫去树丛里采摘果子,不知怎么忽然冒出许多人来,团团围住了他们。"

此时蜀安已经喝足了奶。金猍朝捣奴打了声招呼,就带着尕花与蜀安匆匆赶往事发地。他要花刺子一块跟过去。花刺子说:"不了,我还得准备冬粮!"

花刺子一直没有生育孩子,又不好向金猍请教,她怀疑是自己缺少营养,便拼命地吃东西。她身体越来越胖,却始终未能怀上孩子。这次她在山上挖毛竹笋,刚好看到人类围困小熊猫之事,她想起金猍之前的重托,便跑过来向他通风报信。

洞哥等小熊猫被围困的地方长有许多树,那些树与熊猫禁地中的树相同,只是要小许多。围困他们的人正是蚕丛及其手下。蚕丛是蜀山氏族的首领,长有三只眼,中间那只眼睛向下竖着。单从他的相貌来看,便已不怒自威,让人生畏。这次他亲自带了人来,众人个个都手执刀、枪、剑、戟等兵器,将五只小熊猫团团围在那里。熊猫们一见蚕丛相貌,都心怀畏惧,不敢反抗。蚕丛也知道熊猫们力大无穷,不动则已,一动惊人,洞哥等小熊猫虽未成年,他也不敢轻视。蚕丛吩咐众人先用兵器将小熊猫们一只一只地隔离开来,再让岷尚和金鹤等人上前将他们逐一捆住。待五只小熊猫被悉数拿住后,蚕丛便带着大家往回赶。这时金貅匆匆地赶了过来。

蚕丛识得熊猫博士,只得停住脚步。金貅说:"你们这是干什么呀?咱们熊猫与人类向来相安无事,你们怎可无缘无故捉我族类?"

蚕丛说:"你来得正好,我正要找你呢。"

原来洞哥等小熊猫跑来这片树丛里采摘树上的黑色小果实,他们发现树叶上有许多白色小虫子在吞食树叶,遂将其捉来吃掉。他们自然不知道这些树木叫桑树,这种白色小虫乃是蚕丛精心培育出来的蚕,所吐之丝可以用来织绸保暖。蚕丛培育小蚕很不容易,当时人类尚未发明蚕匾,养蚕便只能在桑树上进行。

蚕丛先是在岷山的一块空地上发现了巨石,巨石上长着一株巨叶树,树上长有一种白色小虫,那些虫子结成茧,遇热水而成丝,可以用来织绸。蚕丛知道奥妙后,便培植了这种巨叶树,还驯养了白色小虫。他由一株树培育多株,形成树丛,还将之取名为"三树",这"三"字实乃道家说法。道学虽然成自春秋时代的老子,但在黄帝时期便已有雏形,已知道"一生三,三生万物",蚕丛将这些树取名为"三树"便是希望树木由少而多。由于"三"与"桑"谐音,后来"三树"便改称为"桑树","桑"字的上半部分由三个"又"字组成,仍然代表着"三"。而那些白色小虫，蚕丛认为是上天所赐，遂取名为"蚕"。从那以后，"蚕"与道家便结下不解之缘。道家辟谷修行，便是从蚕的休眠那里得出的启示。而蚕丝的"丝"与"思"想通，意在说明辟谷修行不是单纯地不吃饭，还得有意念和思考。后来蚕的休眠方式传至佛教，高僧仿此打坐，单个进行，即为"示单"，"示单"就是"禅"字，读音也与"蚕"字相似。

谁知当蚕丛正准备大规模养蚕时，蚕却在桑树上无缘无故地消失，而桑树林里出现了许多熊猫脚印。这次天气转凉，已是一年中最后一次育蚕的时候，蚕丛遂让人候在桑树林里，逮住了那些小熊猫。

其余众人有些识得金猍，有些人只知道他是一只熊猫，便纷纷叫嚷着要将他一道捉住。

金猍眉头一皱，暗想三个月前还想找蚕丛商量如何消灭恐怖鸟，咋又遇到这等事呢？此时对方人多势众，而自己伤势还需要再调养一个月，不宜动粗，看来只能另行约定商议时间。想到这里，金猍便说："个中原委一时难以说清，不如咱们等一个月时间再作计议？"

岷尚说："还有什么好说的？你们熊猫实在太可恶了，自己皮厚，不惧寒冷，便要断我们人类取暖的途径。"

金貅说:"此言差矣,咱们熊猫与人类渊源极深,万不可伤了和气。"

蚕丛心想金貅乃是熊猫中的博士,抓住他必然会让熊猫失去主心骨,今天正是机会,便要下令动手。谁知这时忽然涌来数只熊猫——原来花刺子明里说要准备冬粮,其实她也放心不下金貅,于是跑去鼓动公熊猫们赶来营救。那些公熊猫原本没有如此高的觉悟,只是发言者是花刺子,他们可不愿在每年三月前后失去当花刺子丈夫的机会,于是纷纷跑来营救金貅。

蚕丛见状,果然不敢动手,只得答应一个月之后再议。

五、山洪

当上帝掩上一扇门,必然会打开一扇窗。生活在夏末商初的金貅当然没有听说过这句话,但他绝对相信类似的道理。他收养那些被遗弃的熊猫仔,实际也是相信他们既然来到世上,就必然有他们生存的理由。

蜀安在金貅眼里同样很可爱,虽然他在熊猫中显得十分孤僻。金貅还时常警告洞哥不要欺负蜀安。洞哥表面答应,暗中却在嘲笑人家,尕花将这事告诉给了金貅。金貅叹了口气,心想只有自己强大,才不会被别人欺负。谁也没法保护弱者,除了弱者自己。

这日,金貅正在数落洞哥不该欺负蜀安,尕花气喘吁吁地跑进来报告:"岷尚来了。"

金貅连忙迎了出去,只见岷尚带着数人正朝他家里走过来。他们个个手执器械,显然心存戒备。岷尚一见金貅,便怒声说:"洞哥在哪里?"

金貅忙问究竟。原来自数日前洞哥等五只熊猫被围之后,蜀山氏族的鸡、鸭、羊等家畜接连几晚被杀死在圈舍内,脖子上有明显伤痕,显然是被凶猛野兽咬死。蚕丛联想到前几日与熊猫之间的矛盾,遂派岷尚过来询问究竟。

金貅心头"咯噔"一跳，扭头去找洞哥，洞哥却不见了，心头便又明白了几分。他自知理亏，于是说："这样吧，洞哥不知野到哪里去了，明日我定带他来向你们赔礼道歉。"

岷尚知道熊猫性情凶猛，加之临行前蚕丛有交代，要他万不可动粗。岷尚将信带到，便行离去。当金貅送岷尚回去时，他边走边小声向岷尚赔礼，岷尚也是不理。

送走岷尚后，洞哥这才冒了出来。金貅再有涵养，此时也是变得怒不可遏，他一掌搧在了洞哥的脸上。洞哥顿时疼得真咧嘴，但他高昂着头，一副满脸不屈的样子。金貅怒声说："都是你干的好事！"

洞哥大声怒吼道："小胖、嗜竹、金毛、白尾，你们都给我滚出来！"

金貅说："不要自己做了坏事，便都推在他们身上。"

洞哥说："我敢赌咒，我没有杀他们的家畜，也没有让他们去，肯定是人类自作聪明！"

金貅知道，洞哥虽然顽皮，但也敢作敢为，而那四只小熊猫，断无洞哥的机灵，自然无法接连几天杀死人类饲养的家畜而又能全身而退。难道那些家畜被咬死，会另有隐情？

这天夜里，金貅被狂风暴雨惊醒。时间已是深秋，岷山下大雨的情形并不多见。金貅与当时的人类一样，同样很迷信，他在内心便隐隐感到不安,暗想难道会有什么事情要发生?洞哥虽然年幼,但在他的养育下,与上一辈公熊猫迥然不同,他或许今后能够挑起发展壮大熊猫部落的重任。这次蚕丛会把他怎样呢?这次大雨会不会是上天在向熊猫部落示警,叫我别带他去冒险?

金貅站在崖檐下面,望着外面黑黢黢的天幕出神,这时他发觉身边有异,扭头一看,他的身边一左一右坐着两只小熊猫,却是洞哥与蜀安。金貅伸双爪分别抚摸了一下洞哥与蜀安的头,洞哥有些撒娇似的蹭了一下金貅,似乎是叫他不要再生自己的气;蜀安则是一动不动,出神地望着外面黑黢黢的天空——蜀安显然不是为了安抚熊猫爸爸,而是对天上的瓢泼大雨产生了兴趣。洞哥仰起头来,说:"爸爸,等天亮了我就跟你去,我绝不会丢咱们熊猫部落的脸。"

金貅说:"傻孩子,人类正在气头上,你万不可去添乱。你只要不再顽皮,爸爸也就心满意足。"

蜀安仍然一动不动,对他们的话充耳不闻。金貅扭头看了一眼蜀安,叹了一口气说:"明日我带尕花与蜀安去。"

"他去?"洞哥有些吃惊。

金貅没有回答。原来他在想:蜀安或许是受了恐怖鸟的刺激,才将自己封闭起来;若能带他出去见见世面,或许能够改变他的性格。而带尕花，则是因为尕花日渐长大，至少可以帮助他照顾蜀安。再说蜀安于两日前终于学会了走路，倒也不必刻意照顾。

岷山的天空渐渐亮了起来，大雨也终于停止，只有枯黄的树叶上不时有雨滴抖落下来。众小熊猫围住金猇，金猇盯着洞哥说："这段时间你们一定要看好家，尤其要轮流看住多桑。只有他在，狼族才不敢侵犯咱们。"他顿了顿又说："有事就去找花刺子阿姨。"

洞哥便嘟了嘟嘴。金猇问他有什么话要说。洞哥摇摇头。原来洞哥也知道上一代母熊猫们嘲笑花刺子，说她养不了孩子，洞哥打内心里便有些轻视她。但是这次金猇去蜀山氏族那里，吉凶难卜，洞哥便将顽皮话硬生生地给吞了回去。

金猇带着尕花与蜀安往山下走去。这几日蜀安已能勉强走路，但其内八字步走得有些摇摇晃晃。尕花甚是心细，在关键时刻总是及时扶住蜀安，使他不致摔倒。金猇看在眼里，暗想若是每只母熊猫都似尕花这般细腻，每只公熊猫都能够承担起大丈夫的责任，那才是熊猫部落之福。可惜熊猫部落一向是由母系统领，大家一盘散沙，各自为政，遇到困难只会束手无策。牝鸡司晨，会有好事么？

金猇带着尕花与蜀安，沿河床而行。走了许久，刚好路过一块比周边路面略高的巨石，河床在那里拐了一个弯。金狨担心蜀安体力不支，便吩咐他们就地休息。

他们刚坐下来不久，这时从上游方向传来一阵"轰隆隆"的声响。尕花问："什么声音？"

金狨顾不上回答，他已经跳下巨石，爬上山坡察看究竟。金狨这一看不要紧，看后只觉魂飞魄散，连忙大声喊："不好，快跑。山洪来了！"

尕花吓得赶紧跳下巨石，往山坡上爬去。而蜀安仍然置周遭而不顾，独自盯着浑浊的洪水出神。尕花见蜀安没有跟过来，便要跑回去拉他。金狨忙说："你快上来，我来。"

尕花稍作迟疑，金狨已几个雀跃跳下山坡。尕花遂朝金狨刚才所在的山坡爬上去。金狨路过尕花时，轻轻地推了推她，示意她快跑。金狨顾不上说话，继续往巨石上跑。这时山洪已经来到了拐弯处，映入金狨的眼帘。金狨也已跑到蜀安身边，拉着他往山坡上跑去。但是蜀安跑得极慢，被金狨拉得踉踉跄跄。山洪很快就来到他们身边，洪水将蜀安托起来浮在水面上，金狨则被冲得歪歪斜斜。情急之下，金狨猛地举起蜀安，奋力地往山坡上一抛。蜀安刚好掉落在尕花身边，尕花连忙将他扶住。

这时山洪继续涌过来，金狨在抛蜀安之际已经失去重心，立即被洪水冲得直往下游流去。金猕试图往岸边游过来，而水虽然被称之为弱水，但大股的山洪则显示出了极大的威力，金猕在洪水中时而浮起，时而淹没。

尕花吓得呆住了，她眼里满是泪水。朦胧中，她感觉到了蜀安在挣扎着不让她牵拉。尕花含泪盯着蜀安，只见蜀安对着山洪里的金猕，忽然大叫起来："爸爸！"

尕花自然无法感受出蜀安叫出这声"爸爸"的重大意义，可惜金猕再也无法听到蜀安的叫声。若是他能听到，他又能怎样呢？唯一就是为自己以性命来换取蜀安的壮举而感到骄傲！

其实熊猫与人类一样，只有经受过重大刺激，才会变成另外一只熊猫或是另外一个人。蜀安因为自闭，无法与其他同类正常交流，但是他自生下来后，便也一直在学习，只不过他的学习方式与众不同。狼王后捣奴喂奶给他，他便与捣奴建立了一种天生的亲近感；而当捣奴欲咬死尕花时，蜀安便又站了出来，"保护"这只曾经保护过自己的同类；这次金猕遇难，蜀安更是将平时所积淀的知识在一瞬间全部爆发了出来。

尕花想沿着山坡去找金猕，蜀安便也紧跟其后。尕花一边奔跑，一边大声呼喊着"爸爸"，而蜀安则是默默地跟着她，先前的那声"爸爸"似乎耗尽了他的全部知识储备。

熊猫有情,山洪无情。金貅的身影起初还能够看见,但最终消失在了大水之中。夵花虽然是一只温柔的未成年的母熊猫,但此时此刻她身为蜀安的"老大",似乎也知道这样找下去已经没有意义,而照顾好蜀安或许能让爸爸金貅得到慰藉。再说她和洞哥已经长成了半大熊猫,她相信只要努力,便能够生存下去。再者熊猫爸爸曾经将他们托付给花刺子,她也相信花刺子定会照顾好大家——毕竟她从花刺子的眼神中已经看出了她对小熊猫们的慈爱。

六、出走

永远不要小瞧那些未成年的孩子,他们同样很有想法,只不过没有实力付诸实践罢了。洞哥虽然还没有成年,但在金狨走后,他就毅然承担起了带领大家的责任。因为他知道,爸爸这次与人类约谈绝对不会像以往捕猎那样简单。人类的体力虽然比不上熊猫,甚至连狼都不如,但是人类具有相当高的智慧。这种智慧才是最让熊猫们感到害怕的事情,因为世上只有智慧才是战胜一切的武器。

直到尕花与蜀安的出现,才将洞哥的领导风范瞬间击得粉碎,他又恢复到了一个熊猫孩子的身份上。当尕花哭着讲述了事情的经过以后,洞哥便也呆住了,甚至变得同蜀安一样痴呆。只是他很快就恢复了过来,随之而来的还有那种"老大"风范,他坚决要将蜀安赶走。尕花不让,说是蜀安的性命是熊猫爸爸用生命换来的,弥足珍贵。

洞哥说:"自蜀安到来之后,家里便弥漫着不幸。先是遇到地震,接着便是狼族侵犯咱们。咱们过去也曾在桑树地里捕捉蚕,可是这次硬是遇到了蚕丛。甚至人类的家畜遭受侵犯,也算在咱们头上。这不是蜀安带来的灾难,还有谁?"

与洞哥要好的小伙伴便也纷纷附和,说要赶走蜀安。在金猴家里，尕花也有一些朋友，不过都是一些弱小的母熊猫，她们起先还想站在尕花一边，但见洞哥一方气势汹汹，便不敢言语了。他们毕竟都是孩子，与成年熊猫不一样，成年公熊猫往往会让着母熊猫，以期能有一个当丈夫的机会；这些小熊猫可不管那么多，力大者胜！

尕花被逼无奈，便说："你让他走也行，那么我也要走！"

其他小公熊猫便不再言语了，毕竟尕花在这群孩子之中也很有些威信。谁知洞哥却说："你要走就走，往日你老是偏袒蜀安，我还没有找你算账。"

话说到这个分上，尕花只得赌气地拉着蜀安往外走。其实她心里也有盘算，大不了就找花刺子帮忙。可是别的小母熊猫不愿意离开这个家，纷纷说："这个家是熊猫爸爸的，凭什么让我们走？"

再说蜀安回到家里后，他起初还是呆呆地盯着他们争吵，甚至还迎着大家的憎恨目光，无动于衷。后来见他们个个露出尖牙利齿，似乎感觉到了不妙。直到尕花要拉他出去，其他小母熊猫想挡住她，蜀安便仿佛明白了什么，他伸前爪抱了抱尕花。

洞哥见了，忍不住哈哈大笑："原来你们早已经好上了。"

其实未成年的公熊猫也曾观看过成年熊猫们交配，那既是一种学习,又是一种爱情洗礼。洞哥等小公熊猫自然见识过,如今洞哥一说此话,其他同伴便都哈哈大笑起来。作为母熊猫,显得羞涩些,自不会去观摩,但也偶尔会听到小伙伴们提及。此时尕花只觉又羞又气,她等蜀安一松开双爪,便转向洞哥,挥舞着前爪朝他抓过去。洞哥虽然比尕花要健壮许多,但见她拼命的样子,倒也不敢硬拼,他转身钻进其他小熊猫中躲藏了起来。其他小熊猫见尕花模样凶狠,便也慌忙躲闪。金貅家中顿时乱成了一团。

蜀安已经决定离开这个家了,至于要去什么地方,他心里一片茫然。此时他的头脑似乎有些明朗,又似乎有些模糊。他一步三摇地蹒跚着往外面走去,也不知是否有别的熊猫看到,反正没有谁来挽留他。

蜀安走的那条路线依然是先前曾经走过的,只不过山洪已经淹没了最初去蜀山氏族走的那条路,他只能沿着与尕花回家的那条路行走。家里容不下他,他只能走这条回头路。

蜀安正独自茫然地走着,这时他清晰地听到了两声狼嚎,是一公一母两头狼发出来的。而那头母狼的声音对于蜀安来说,再也熟悉不过——狼妈妈捣奴!

蜀安自吃满三个月狼奶之后,忽然对狼奶不再感兴趣,而是与同类一样喜欢吃一些杂食。因为这事,捣奴便再次要求金貀释放丈夫多桑。但是金貀已打定主意要先拖一段时间，等到次年春暖花开之后再说，他希望多桑多被关押一阵，便能减少一点狼性，那么自己所带的小熊猫们便也会少一分危险。而狼族则是害怕多桑与捣奴夫妇丧失狼性，无法领导狼族，就连捣奴自己也有此担心，于是千方百计地想着如何营救丈夫。

捣奴趁着金貀不在家、众小熊猫乱成一团之际，悄悄地救出了丈夫。多桑原想捕杀那些小熊猫们，既可泄愤，又能食用，但是捣奴觉得洞哥他们已经长成了半大孩子，他们两头狼未必斗得过一群熊猫小孩。没料到他们在路上居然遇到了孤独的蜀安，更让他们感到意外的是蜀安居然迎向了捣奴。这真是自投罗网！

多桑满心欢喜，他已许久未曾捕食过猎物，心想正好可以活动活动筋骨，他先妻子而向蜀安跑过来。捣奴明白丈夫的用意，她也知道狼族只有不断捕食猎物，才能保持敏捷度，遂任由丈夫捕捉蜀安。

多桑来到蜀安身边站定。其实狼性多疑，向来不打无把握之仗。多桑知道熊猫的体力远大于狼，这只小熊猫有恃无恐，会不会体力也胜过自己呢？

蜀安似乎感觉到了恐怖的气息，他站在距离多桑不远的地方,略显不安。他的眼神很快就让多桑觉察到了,多桑狞笑说:"你的死老爸害我关了那么久,我不杀你誓不为狼!"

蜀安并未完全体会到多桑的话,但多桑凶残的眼神让他愈加警觉。多桑猛地扑向蜀安,蜀安连忙躲闪。但是多桑毕竟要比蜀安大出许多,而且蜀安才刚学会走路,多桑很快就将蜀安逼到了河边。蜀安曾感受过山洪的厉害,自然不敢再退。多桑伸前爪搭在蜀安的肩上,伸嘴就向蜀安的脖子咬了下去。

蜀安哀怨地盯了捣奴一眼,眼里滚出泪水。他毕竟只是一出生未满四个月的熊猫孩子,他实在不明白狼妈妈为什么不来保护自己。捣奴距离他们不远,她看到蜀安眼里的泪水,心想:他到底是吃了我的奶呀!捣奴连忙说:"且慢!"

多桑松开了蜀安,回头不解地盯着妻子。捣奴说:"放过他吧,他是吃我奶长大的孩子,他或许可以融入咱们狼族。"

多桑说:"你说什么?咱们狼是世界上最高贵的物种,熊猫这样的劣等生物怎能与咱们相提并论?"

捣奴说:"我——"

多桑说:"对劣等生物的软弱,便是对咱们狼族的亵渎。你可不要丧失狼性!"

狼性!也正是捣奴的追求。她没再有过多的言语,她决定任由丈夫处置蜀安。这时蜀安也在瞅着说话的多桑,趁他不注意，忽然身子一矮，从多桑身边钻了过去。多桑连忙张嘴咬住蜀安的尾巴。蜀安顿时痛得大叫起来："爸爸！"

多桑一怔，以为金猇到了，便松开了嘴，四处张望。蜀安趁机跑出了很远，而他逃跑的方向竟然是捣奴这边。多桑没有看到金猇，便对妻子说："你瞧，劣等生物是多么狡诈，不杀他们，咱们都羞为岷山之王。"

其实蜀安叫这声"爸爸"，就像人类遇到危险时叫"妈妈"或是"我的妈呀"一样，不过是自发行为而已。蜀安自出生以后便被母亲花㺢遗弃，在他生活的圈子里老是听到大家叫"爸爸"，虽然他没有刻意去听，但总还有些叫声传进他的耳膜。这次遇到危险，他情急之下便自然而然地叫了一声"爸爸"，断不会是虚张声势。

多桑见捣奴还在迟疑，便下令说："王后，赶快截住他，绝不能让他回去。"

这时蜀安来到了捣奴身边，他似乎也明白眼下这个妈妈已经不再是以前喂奶时的妈妈了，但他别无选择，只有那条路可以通过。蜀安便想从捣奴身边跑过去，捣奴立即张开了锋利的牙齿。蜀安稍作迟疑，多桑便又从后面追了过来。蜀安在两头狼之间不停地来回转身，可是哪边都无路可逃，而其他两面，一面是崖壁，他爬不上去；一面是山洪，他没法渡河。

捣奴看到蜀安可怜的样子，不觉心软，身子略略侧开。正好蜀安看到了，连忙向捣奴身边跑过去。多桑见妻子临阵倒戈，气急败坏，大声说："你还是狼王后么？你认他是儿子，他可有叫你一声妈妈？"

可不是么？捣奴喂了蜀安三个月的奶，蜀安硬是没有叫一声妈妈，就连刚才，他也没有叫过。当然这也不能怪蜀安，他在家里听得最多的便是"爸爸"，平时他虽然没有叫过"爸爸"，但在危险时候便会自然流出。在熊猫部落里，其他熊猫都是由妈妈带大，但那些妈妈排斥金貅和他的小熊猫，自然不会欢迎蜀安去他们家玩，蜀安自然没有听到过那些健壮小熊猫叫"妈妈"，这次遇到狼妈妈便也不知道应该叫一声"妈妈"。金貅虽然是熊猫中的博士，但他并不想让蜀安对捣奴感恩，因为他觉得捣奴喂蜀安的奶，不过是一场交易而已。

如今捣奴一听丈夫责怪，心想果然有理，连忙猛地回转身子，一口咬住蜀安的尾巴。蜀安的尾巴再次负痛，便扭过头来，见是捣奴咬住了他，十分不解。此时捣奴已不敢看他的眼睛，只是紧紧地咬着他的尾巴不放。多桑担心时久生变，他飞快地跑到他们身边，伸嘴便向蜀安的脖子咬过来。

正在这时，"嗖"的一声，一块拳头大小的石头划空而至。多桑顿时吓得魂飞魄散，连忙将身子一滚，差点掉进河里。捣奴慌了，连忙伸爪去救丈夫。蜀安得了自由，但尾巴上的伤痛仍未消失，便在原地团团直转。

多桑与捣奴终于稳住身子，抬头一看，只见蚕丛带着数人正朝这边赶过来。夫妇二狼见对方人多势众，不敢迎战，只得朝相反方向逃去。

原来蚕丛见天降大雨，而金貀未至，担心有变，于是带人沿途察看，结果发现两头狼正在捕猎小熊猫。蚕丛心想人类与金貀的纠葛尚未解开，便决定先救下蜀安再说，那样人类在谈判中便可稳占上风。只可惜双方尚有一段距离，蚕丛投来的石头失去了准头，但也足够吓跑多桑夫妇。

七、捉贼

人类之所以伟大，就在于世间所有的生物，只有人类才具有一颗包容之心。捣奴虽然也对蜀安具有母性的一面，但她最终还是要对蜀安痛下毒手。而蚕丛带领的人类则不一样，当蜀安走投无路时，蚕丛决定收留他。为这事，岷尚还曾与他争执过，担心他们会养一只"白眼熊猫"。

蚕丛却说："岷山向来是人类、狼族与熊猫共存，熊猫虽也偶有侵犯人类家畜，但始终比狼族要友善得多。咱们抚养蜀安，便是争取与熊猫化敌为友，那样可以孤立狼族，保住人类与熊猫的利益。"

岷尚却不这样认为，他觉得熊猫部落没有一个像样的首领，即便金貅在熊猫部落里具有一定的威信，但也没能起到首领作用，更况他现在生死未卜，抚养蜀安纯属浪费食物。

要知在当时，人类利用大自然的能力有限，并不能获得充足的食物。而蜀安食量惊人，抚养他可以说是一个不小的负担。但是最终，蚕丛还是收留了蜀安。蜀安对此置若罔闻，又似乎觉得理所当然，这更引起了岷尚的不满。岷尚悄悄告诉几个有着同样想法的伙伴，要他们伺机赶走蜀安。

由于大家都在怀疑先前家畜被咬死是熊猫所为，岷尚便约同伙伴们轮流监视蜀安的动静。谁知,每到夜晚,蜀安便躺在蚕丛专门为他铺设的干草上睡觉,硬是没有外出过。时日一久,伙伴们便有些泄气。

岷尚分析说:"一日为贼,终身是贼。世上没有不偷腥的熊猫,蜀安表面很傻,实则颇有心计,他是在伺机行动。"

伙伴们只得继续对蜀安进行监视。

过了数日,天气愈渐寒冷。一日,天黑不久,蚕丛等人便已就寝,这晚监视蜀安的人正是金鹤。至深夜,金鹤也未见蜀安出来,他是个怕冷之人,夜晚他虽然身着狐皮,但仍冷得瑟瑟发抖,心里便盘算着如何溜号。

临回房时,金鹤对着蜀安的房舍撒了一泡尿,尿液沿着木柱直往下流,悄无声息。金鹤尿毕,愈觉寒冷,只觉上下牙齿都在打颤,金鹤强忍着没有发出声响,悄悄地挪动脚步,准备回屋休息。谁知就在这时,他听得"吱呀"一声,蜀安住所的房门被打开了,紧接着蜀安从屋子里蹒跚着走了出来。

金鹤连忙将身子贴紧墙壁,不让蜀安发现。只见蜀安径直朝鸡舍方向走了过去。金鹤暗想:到底是畜生,智力不如人类,做贼都不知道先望一下风,瞧我不逮住你。金鹤蹑手蹑脚跟了几步,忽然站住,他想起了岷尚的话,一定要让蚕丛心服口服才行,否则没准他又会对蜀安网开一面。

其实在金鹤看来，岷尚同样具有当首领的能力，但上代首领考察下代首领人选，又经过民主选举，就因为岷尚的年龄比蚕丛要小，他便失去了机会。岷尚便在心里有些不服，时常挤兑蚕丛。蚕丛则对岷尚采取说服教育，实在无法说服才以首领的名义硬行决定。金鹤自小跟着岷尚，习惯于听从他的吩咐。再说养熊猫为患，说不定哪天蜀安会引来同类，对人类展开反噬。

金鹤悄悄地来到岷尚的房间，轻轻地推门，见没能惊醒岷尚，便轻声呼叫"岷尚"的名字。岷尚白日里太过劳累，此时睡得正香，任金鹤怎么努力也无法唤醒。金鹤又不敢大声呼喊，以防惊走蜀安，那样会错失良机。正在这时，鸡舍方向传来了蜀安的一声呼叫。屋子里的岷尚霍地坐了起来，接着他便叫醒了伙伴们。

金鹤这才再次轻轻地推门。岷尚取下门闩，开了门，见是金鹤，便责怪说："你是咋搞的，怎么现在才来报信？蜀安行动了么？"

金鹤说："行动了。"

岷尚顿时兴奋无比，他扭头对众伙伴作了个手势说："走，抓蜀安去！"

正在这时，鸡舍方向传来了嘈杂的鸡叫声，中间还夹杂着蜀安的声音。很快地,狗叫声也融了进来,鸡舍方向一下子变得热闹起来。岷尚说:"不好!快点走,迟了会让蚕丛占先。"

一行数人来到鸡舍外面,借着月光,只见蜀安正面对着一头狼。那头狼似乎是在与蜀安套近乎,而蜀安嘴里发出"唔唔"之声,也不知说些什么。在鸡舍里,鸡叫声更加明显,只见一个黑乎乎的东西露在外面。

原来是狼!

岷尚再也忍耐不住,他迅速地奔了过去,挥棍朝露在鸡舍外面的狼屁股猛力地打过去。那头狼疼痛不已,嚎叫一声,连忙从鸡舍里面钻出头来,欲扑向岷尚,但见岷尚一方人多势众,于是呼哨一声,与蜀安面前的那头狼一起逃跑了。金鹤等人连忙举起手中的木棒朝那两头狼掷过去。两头狼疼得直叫唤,向山林里逃去。

这时蚕丛等人也打着火把赶过来了。众人已经查明了情况,又死了三只鸡。看着这些死鸡,蚕丛说:"原来是狼族干的坏事,看来咱们错怪了金獬。"

岷尚心里不服,回头便责怪蜀安:"你咋不叫醒我们呢?"

蜀安没有说话,而是抬头仰望着天空。这时天空上的圆月正慢慢地被云层遮住。岷尚便也抬头盯着天空,暗想他究竟在想什么呢?

其实这晚偷袭鸡舍的敌人正是狼族首领多桑与捣奴——他们已有相当长一段时间没有滋扰人类的家畜。之前多桑也曾多次侵犯，但总是被人类赶走，甚至差点丢掉性命。多桑遂将目标瞄准熊猫部落，可惜他流年不利，还被金狲捉住关押起来。之后几个月，捣奴一门心思救丈夫。其余群狼无首，只得捕猎岷山上的小动物为食。

那天洞哥被人类围困，捣奴心机一动，偷偷跑来侵犯人类饲养的家畜，以图嫁祸给熊猫。果然，蜀山氏族认为家畜之死与熊猫有关，便将目标转移到熊猫这边来了。捣奴还趁乱救出了丈夫，多桑想报复熊猫。谁知这时花刺子忽然承担起看管那些小熊猫之责。花刺子虽然有习惯性流产，但她与其他母熊猫一样，颇有些力气，多桑不敢轻举妄动。多桑被关押数月，其他成年狼不服，威胁到了他的狼王地位。捣奴便提议偷袭人类家畜——以往她是咬死家畜，而这次则是希望捉走一些家畜。

其实狼与狗属于近亲，当多桑跑来蜀山氏族那里，轻易就换取了狗的通行证。但是他们千算万算，就是没有考虑到蜀安。蜀安吃捣奴的狼奶长大，熟悉她的气息。这晚他睡在房中，闻到一股熟悉的气息，虽然捣奴在十多天前曾想伤害他，但他并不介意,他渴望母爱,于是趁着夜色奔向捣奴。

多桑见蜀安跑过来了,他在群狼面前树威之心甚切,遂让捣奴稳住蜀安。其实蜀安年龄尚不满四个月,且因先天自闭,并不会多少言语。只是在内心深处,他觉得蚕丛收留他,他应该保护好人类的财产,可是捣奴是他的奶娘,他便只好劝他们离开。

后来蜀安见多桑挨打,他知道多桑与捣奴关系密切,便在心里傻想:这样究竟好不好呢?所以他抬头望着天空的月亮。至于岷尚的话,他一句也没有听进去。倒是蚕丛走过去安慰岷尚:"你也别责怪他了,他只是一个孩子,而且看样子——"

蚕丛摇摇头——其实他何尝不知道蜀安很"傻"呢!他自然无法知道,患自闭症的孩子其实并不是都很傻,有的人甚至智商超群,只不过人类难以对他们开发罢了。其实正常人对于自闭症患者来说,又何尝不是很傻呢?成天忙忙碌碌,却仍一事无成,反不如他们自闭症患者,精钻一门学问,最后成为某个方面的行家里手。

八、嗜武

对于培养孩子，蚕丛的想法与金猴不谋而合。他觉得蜀安之所以犯傻，其实是因为缺少对外界的接触。心想蜀安只要多与外界接触，那么这种"傻"就可以得到改观。

这天，蚕丛去专用的房间检查蚕卵保存情况，便特意把蜀安带到身边。他指着蚕卵说："你可别小瞧这些小黄点，它们过两天就会变红，等到天气变暖，还会变得墨绿，再从里面钻出来一些黑色小虫子，这就是蚕。蚕需要经过四次休眠，才会变得又白又胖，最后变得亮晶晶的，结成蚕茧。茧丝可以用来织绸，而里面的蚕蛹则会变成蚕蛾，经历下一道产卵循环。"

蜀安只是傻傻地站在那里，并没有望蚕丛一眼，也没有看那些蚕卵。蚕丛倒也不以为意，继续说道："其实我也是在前些年才发现这玩意儿的，本来放在桑树上试养，没想到被你们熊猫部落偷食了。现在我就只有这一丁点儿蚕卵，也不知要等多久才能够扩大规模。"

正在这时，有人匆匆跑进来相告："不好了，岷尚与花刺子打起来了！"

蚕丛大惊，想当初花刺子还曾带人救走金猴，显然不可小觑。他连忙拉起蜀安，急急地朝打斗的地方跑去。这时在距蚕卵房不远的西边空地上，已有数只熊猫站在一方，为首的正是花刺子，她身后还跟有数只公熊猫以及洞哥等小熊猫。而站在她对面的人正是岷尚及其随从。

花刺子那方一眼见到蜀安，便立即欢呼起来。尕花抚胸说："终于找到了。"

蚕丛拉着蜀安走向岷尚。岷尚对蚕丛说："他们是想要回蜀安。"

这时尕花已在对方阵营里向蜀安招手："蜀安，快过来。"

蜀安迟疑地盯着蚕丛。蚕丛便也盯着他，心里犹豫着让不让他走。其实蚕丛还有一个打算，心想只要蜀安在人类这里，熊猫们会投鼠忌器，便不会侵犯人类。有时他甚至还有抚养一头狼的打算。

再说蜀安自从看到金貅被山洪冲走，他身体内的另一套系统已经开始被逐渐激活，即他的自闭症开始好转，但是离痊愈还很遥远。他见到这种阵仗，便也明白过来，同类是在招呼自己过去。可是洞哥一直在欺负自己，而蚕丛是除了金貅、尕花和捣奴之外的第四个对自己好的人，回去真就那么好么？

花刺子见蜀安还在犹豫，以为他是受到了蚕丛的控制。花刺子径直朝蚕丛冲了过来，想要强行夺走蜀安。蜀安见花刺子来势凶猛，连忙往蚕丛身后躲去。

花刺子见蚕丛挡住了她，忙伸爪向蚕丛击来。此时蚕丛赤手空拳，又知道熊猫力道极大，不敢硬接，便闪身躲开，挥掌向上划向花刺子的爪腕。花刺子本来在径直击向蚕丛，此时她的爪腕若被蚕丛打中，熊掌势必会击向她的脸部。花刺子出招的力道极大，她深知自打耳光的后果，连忙身子后仰，紧接着就倒在了地上。她四肢缩成一团，脑袋着地，向后一个翻滚，复又站了起来。

花刺子咧开利齿怒吼说："人有人道，咱们也有熊猫道，主张互不侵犯，你干吗要抓住蜀安不放？"

这时岷尚走过来说："大哥，还是将他放回去吧。他不属于咱们人类。"

蚕丛想不到岷尚居然会倒戈偏向花刺子，便有些不悦地瞪了他一眼，但见岷尚与其随从都在，而自己只身一人，暗叫不好，心想他要是借机除掉自己，那可不妙！

其实蚕丛何尝不知道岷尚觊觎首领的位置呢？只是氏族里只能有一人做首领，而自己年长不说，相对较岷尚更能沉住气，自是首领理想人选。岷尚虽然在蜀山氏族中也很优秀，但缺点也不少。蚕丛念及岷尚颇有能力和功劳，对他稍有放纵，想不到此时他竟要趁火打劫。

花刺子也看出了苗头，遂对蚕丛大声质问："你到底放还是不放？"

那些公熊猫们可不愿意失去这个表现机会，也纷纷跑了过来，大声叫嚷起来："你到底放还是不放？"

洞哥虽然不喜欢蜀安，此时也加入了争夺蜀安的队伍之中，他大声说："你到底放还是不放？"

有了洞哥的呼应，其余小熊猫便也齐声说："你到底放还是不放？"

孱花甚至还跑到蚕丛身边，说："蚕首领，你就放了他吧！蜀安能够活下来，那可是爸爸用生命换回来的。"

孱花说着忍不住放声大哭。其余众小熊猫，还有花刺子便也都忍不住纷纷掉眼泪。只有众公熊猫好不扫兴，他们跑来营救蜀安，原是想卖花刺子一个人情，以期来年三月熊猫发情期，能有一次给花刺子当丈夫的机会。想不到花刺子居然心念金猇！这金猇真就那么好？不是一直没有母熊猫喜欢他么？

蜀安看到孱花哭泣，他忽然从蚕丛身后跑出来。他跑向孱花，伸前爪将她抱住。孱花的脸上挂着泪水，但她已经伸爪抱住了蜀安："你没事吧？"

这下使得蜀安不知所措。花刺子见自己一方大获全胜，兴奋地说："走！"

尕花便拉着蜀安往回走，谁知蜀安却挣扎着直往后退。

尕花忙问："你怎么啦？"

蜀安似乎明白了事情的走向，他忽然挣脱尕花，反朝蚕丛这方跑过来。花刺子一怔，似乎明白了什么，心说难道蚕丛对蜀安下了药？她再也忍耐不住，再说众熊猫都在身边，她也有足够的胆量，她忽然挥舞着双爪朝蚕丛冲过来。

蚕丛先是以为蜀安想要重回熊猫部落，自己孤掌难鸣，遂失去了挽留他的信心。没想到蜀安复投向自己，更没想到花刺子会再度偷袭。此时他想后退，但也知道这一退必然会让岷尚瞧不起。他可是宁愿战死也不愿屈服之人，他连忙将身子后仰，也有点类似于花刺子适才使用过的那一招。只不过蚕丛可没有四肢缩在一起向后翻滚的本领，他只好改为单脚独立，另一只脚猛地踢向花刺子的小腹。

花刺子本来就连年遭遇流产，自是以为肚子出了毛病，装不下孩子，这下见蚕丛踢向自己小腹，倒也不敢硬拼。好在她不再像先前那样鲁莽，冲向蚕丛的力道也就相对减弱，她硬生生地刹住身子。待她站定时，身子仍是晃了晃，下颚刚好撞在蚕丛的脚尖上。花刺子顿时疼得直咧牙。

众公熊猫见了，连忙奔了过来，有两只熊猫忙着去向花刺子献殷情，其余四只熊猫则向蚕丛击来。别看熊猫平时不爱活动，他们一旦与敌人对仗，最善用巧。他们走路形似内八字，似乎慢吞吞的，当外界滋扰他们时，只要不太过分，他们也总是略微地让一让。不过一旦越过了他们的底线，他们则动如狡兔。蚕丛虽然与熊猫对阵不多，却也知道他们的招式，知道仅凭自己拳头的力量，断不及熊猫的力道大。他索性变手为脚，双手着地，反脚为手，猛地踢向那四只围过来的熊猫。四只公熊猫连忙"嗷嗷"地叫着退开。

花刺子见状，摔开了搀扶自己的那两只熊猫。她用爪捂住疼痛的下颚，上前仔细察看蚕丛的破绽。那六只成年公熊猫便也紧随其后。

再说尕花见蜀安不愿意回归熊猫部落，很是为爸爸感到悲伤，她实在不明白蜀安融入人类才十余天时间，怎么这么快就忘记了同类。其实他们自得到花刺子照顾之后，便没有忘记过要寻回蜀安，可是一直没能找到。

洞哥先是为赶走了蜀安而得意——自蜀安到来之后，他便有些不平，为什么爸爸对他的爱会转移？他自然无法想到，父亲对孩子，往往总是要特别关爱最弱小的那一个，其实父亲也只是希望弱小的孩子长大后能够像其他孩子一样强壮。蜀安被迫离家出走后，小伙伴们都责怪起洞哥来，就连他那些要好的小伙伴也开始后悔，说是洞哥葬送了爸爸的遗愿。洞哥感到了前所未有的孤独。在多桑偷袭蜀山氏族的夜里，当别的熊猫都已入睡，他还独自闷坐在石头上，他隐约听到了蜀安的声音。其实蜀山氏族距离熊猫部落很远，蜀安的声音也并不洪亮，洞哥自然无法真正听到蜀安的声音，但他由于自责，便感受到了蜀安的存在。次日大早，他便缠着花刺子来蜀山氏族这里找蜀安。花刺子不相信洞哥的话，甚至怀疑洞哥是假她之手去报上次被捉之仇。但她又的确没法找到蜀安，只得听洞哥一回，没想到误打误撞，居然真的找到了蜀安。

　　花刺子率公熊猫与蚕丛对阵，而尕花则眼睛一眨不眨，傻傻地盯着蜀安，紧接着她的目光渐渐变得严肃起来。洞哥也一直在盯着尕花，他初时见尕花伤心，没想很快就看到尕花的脸色逐渐凝重起来，便也顺着尕花的目光盯过去。洞哥便也渐渐变得严肃起来，因为他看到蜀安正一副专心致志的样子，沉浸在了蚕丛与花刺子的激烈打斗之中。

　　他们自然没法像熊猫爸爸那样去理解蜀安。金貅始终觉得这里不行那里强，蜀安再怎么犯傻，但他总能找到生存下去的法子。而这种法子正是眼下的蚕丛与花刺子的比试——想不到蜀安嗜武！

其实岷尚也一直在犯着纠结，他诚然想当首领，但却不想要蚕丛的性命。可是蚕丛只要活着，他便没有当首领的机会。眼下他的随从都唯他命是从，他不由地有些得意，暗想蚕丛真傻，作为首领不培养几个亲信咋行？若一味地讲一视同仁，到了关键时刻，谁还肯替你卖命？

但是蚕丛作为首领，也有他的过人之处，他不仅智慧超群，而且功夫卓绝。熊猫那边，花刺子似乎有些赌气，待下颚稍有好转后，便要公熊猫们退下去，她要与蚕丛单打独斗。

当下一人一熊猫打斗起来，而那边厢，蜀安看到痴迷处，居然也学着比划起来。洞哥暗想：这傻子居然还想学打架！

再说岷尚暗想：一味让蚕丛单打独斗，只怕事后他会责怪于我，传出去也会于自己不利。反正我也计划着要消灭熊猫，今天正好剪除这些公熊猫，也可以塞蚕丛之口。

他便下令让随从们冲向那些公熊猫。那些随从个个手执木棍，不比蚕丛赤手空拳，于是齐发一声喊，冲向了熊猫们。

那些熊猫见蜀山氏族这边人多势众，又失去了地利，不敢争斗。于是叫喊一声，开始撤退。花刺子无奈，也只得往后撤退。

尕花想去拉蜀安，但被蜀安挥舞的前爪打着。她觉得蜀安的爪风甚是有力，震得她的前爪生疼。

熊猫们都已经散了，而蜀安犹自在那里忘情地挥舞着。蚕丛暗自称奇，心想他的优势原来是在战斗方面。便连岷尚也是羡慕不已，心想这只熊猫长大后，战斗力肯定超强，远胜于自己的那些追随者。

想到这里，他便走到蚕丛面前，将这一想法道了出来。蚕丛点头称是。岷尚偷偷地察看蚕丛脸色，见蚕丛面不改色，暗想自己适才隔山观虎斗总算是敷衍过去了。

九、融合

那一役之后，花刺子没有再来找蚕丛要回蜀安，她也约束了洞哥等小熊猫，严禁他们破坏人类的财物。自此，人类与熊猫总算是和谐相处了。

平日里，蚕丛也总是带着蜀安，教他人类生存的法子，但蜀安对此兴趣不浓。蚕丛暗想，蜀安到底是异类，难以彻底融入人类。不过有一件事情让蚕丛感到特别欣慰。原来在当时，生产力水平十分低下，人类与大自然作斗争极其艰辛，有时甚至得忍饥挨饿。这且不说，他们还得随时提防猛兽侵袭。而在当时岷山以南，最大的威胁莫过于狼族。蚕丛在教化大家抵御敌人时，坚持从娃娃抓起，他每天清早都要让孩子们操练功夫。练武时，蜀安也被编进了学生队列，而他对练武似乎有着天然的浓厚兴趣。不过蜀安的招数很特别，蚕丛教他时本来中规中矩，但到了蜀安手中则变了模样，时常引得孩子们哈哈大笑。蚕丛知道人类与熊猫的前肢有所差别，便也只好听之任之。

冬去春来，天气渐暖。蜀安已经变得力大无穷，而随着人类的教化，他的自闭症日渐得到改善，偶尔还能够听进别人的言语。但是在大多数时间里，他总是默默地待在角落里苦思。这日,他随蚕丛到桑树林里察看刚刚孵化的幼蚕,只见那些小蚕虫黑黑的,在桑叶上蠕动着。

蚕丛说:"世上所有的生物都一样,从一个小不点儿慢慢地长大。小蚕虫必须经过数次蜕变,然后才会结成蚕茧,最后化作蚕蛾。"

蜀安没有说话,静静地听着幼蚕吃桑叶时所发出来的丝丝声响,那些桑叶很快就露出了一条裂纹。不多久,裂纹增大,最后只剩下桑叶梗。看到这里,蜀安的脑中忽然闪过一道灵光,但是这道灵光并没有让他开窍,他伸前爪用力地拍打着自己的脑袋,独自走到了一边。

蚕丛此时已经非常熟悉蜀安的习性了——往日练武时,蜀安也有这种情况,他练着练着,就忽然跑到一边,事后返回时,他的功夫忽然大增。这次蚕食桑叶,没准能够给蜀安带来什么启示。

这次蜀安是想到了洪水。水至柔,随容器而变形,可是当它聚成洪水时,力大无比,居然能够冲走熊猫爸爸金猇。可惜金猇被洪水冲走时,蜀安还处于懵懂状态,现在历经半年,他更是只有一个模糊的印象。蚕食桑叶,弱小之躯,居然能够将一片桑叶很快吞食。当然,蚕食桑叶较洪水冲走金猇,速度相对较慢,而这种慢不也是一种境界么?

蜀安想了许久,最后抬起头来,此时蚕丛已然离开了那里,蜀安便也往回走。路上,他听到一阵叮当声响,遂沿着声音走过去。原来是金鹤正准备煮饭,他取铜锅锅铲时发出了碰撞的声音。

金鹤也看到了蜀安,心头便有些不安。原来蜀安虽然融入了人类,但是蚕丛担心岷尚会对蜀安不利,便尽量不让蜀安与岷尚那帮人接触。其实蜀安憨态可掬,又不可能是熊猫部落的细作,甚至帮助看护动物免遭狼族掠夺比狗还要卖力,金鹤他们早就接纳他了。可是蜀安知道么?蜀安到底是熊猫啊,他万一对陌生的人类使用暴力咋办?此时蜀安的力气已经超过了人类。金鹤于是战战兢兢地说:"蜀安。"

蜀安没有说话,他走进屋子,眼珠子直转,目光最后锁定在铜锅上面。他来到灶台面,见里面装有半锅水。他也不管那么多,忽然将铜锅举了起来。金鹤急了,连忙说:"你别!"但他刚伸出手又缩了回去,他实在害怕惹恼这个异类。

铜锅里的水因倾斜而淌了出来,流在蜀安的身上。蜀安用前爪翻滚着铜锅,只略略地摆摆身子,算是"抖干"了身上的水。但事实上他身上的水并没有抖干,而只是顺着他的身子流下来,淌在了地上。金鹤不知该如何才好,他瞅着蜀安把玩铜锅,便想偷偷地溜出厨房,找人帮忙赶走蜀安。可是他刚挪动脚步,便看到了蜀安也在瞅着他,就再也不敢动了。

蜀安玩了一会儿,这才放下铜锅,冲着金鹤吐了吐舌头,走了出去,临走前还不忘捎走两个芋头。原来熊猫们喜欢把圆形的东西当成玩具,蜀安虽然在人类族群生活已有半年多时间,但他毕竟还只是一只幼年熊猫,性喜玩耍。刚才金鹤准备煮饭时铜器所发出来的声音吸引了他,他便跑了过来。

蜀安走回自己的屋子时,路过一片竹林。此时竹笋刚刚冒出嫩尖,蚕丛正在那里察看竹笋长势。蚕丛暗想竹笋在地下需要经过数年才能够破土出来,而露出地面只需数月便可长成高大的竹子。这意味着什么呢？蜀安看到蚕丛在那里冥思苦想,便也走了过去。蚕丛也看到了蜀安,朝他招招手。蜀安却没有注意到蚕丛的手势,他的眼睛已经被鲜嫩的竹笋给吸引住了。他跑过去后,忽然伸爪扭断了一根竹笋。

蚕丛直呼可惜,忙说:"你别!"

但蜀安已经管不了那么多,他把外面的笋壳剥去后,就将笋肉往嘴里送,咀嚼起来。他眼看着蚕丛在向他伸手,以为蚕丛也想吃竹笋,遂又扭断一根竹笋,递与蚕丛。蚕丛只觉哭笑不得,暗想只有你们熊猫才喜欢以竹为食,我是人呢。但他不便拂逆蜀安的好意,装作要吃下去的样子。蜀安也不管他,自顾自地吃了起来。

蚕丛转过身子，刚好不远处有一堆火，原是用来熏赶蚊虫，蚕丛顺手将竹笋偷偷地扔进了火堆。蚕丛见蜀安在继续扭断竹笋，便走过来拉他。蜀安毕竟年幼，在金鹤那里已经捎带了两个芋头吃进肚中，现在又吃了一根竹笋，肚子早已饱了，他扭断竹笋也不过是留着饥饿时食用。

当他们路过火堆时，蜀安吸了吸鼻子，原来他闻到一股异香。这时蚕丛也闻到了香味，那股异香正是从火堆中发出来的。蜀安用手中的竹笋去掏火堆，便看到了被蚕丛扔掉的竹笋。蜀安连忙捡起来，但刚烤熟的竹笋太烫，他顿时一哆嗦，竹笋复又掉在了地上。

蜀安盯着蚕丛，似乎有些不解。蚕丛觉得有些不好意思，暗想蜀安还只是孩子心性，自己这样做会不会伤着他的自尊呢？他只好装作不在意的样子，伸手拿起烫手的竹笋。蚕丛毕竟是人类，懂得双手交替拿着竹笋，那样不至于烫着自己的手。待竹笋的热度稍稍退却，蚕丛还假意咬了一口竹笋，还别说，他觉得有一股别样的滋味出现在舌尖。

蚕丛见蜀安在盯着自己，于是扭断一截竹笋，递与蜀安，自己则继续吃剩余的那部分。很快地，那截竹笋全部入肚。蚕丛自始明白，原来竹笋还可以用来食用，他先是以为竹子只有长大后才可以作其他用途，所以刚才很是心疼蜀安扭断竹笋。打从那时起，竹笋开始成了人类的口中之食。只不过后来人类不断翻新，竹笋的食法也就不断增多，不比蚕丛时代，人们只知将竹笋烤着吃。

第二天练武，蚕丛发现蜀安的功夫又有突发性进步，知道蜀安昨日在蚕食桑叶中领悟到了功夫，看来世间万事万物相通，一个人只要善于领悟，学会一样，自会一通百通。他将这些道理讲给孩子们听，要大家勤于观察。果然，孩子们进步很快。蜀人在当时与北方隔绝，少有来往，但也自成一体，文明程度与北方不差上下，其原因就在于蚕丛善于开发人类智力。后来他们练武的法子传到巴人部落，巴人还由此发明出一种巴象鼓舞，400年后，巴人用以帮助周武王打败殷纣王，立下赫赫战功。

次日，蜀安忙完活，便又跑去金鹤那里。这让金鹤又惊又喜，惊的是他不知道蜀安有何用意，喜的是蜀安显然乐意与他亲近。只见蜀安复又举起那只盛水的铜锅，准备玩耍。

金鹤就问："你这是干什么？"

这次蜀安听懂了他的话，并且很快就做出了回答："好玩！"

这一回答直让金鹤哭笑不得，他想劝蜀安先倒掉铜锅里的水再说。但是蜀安早已举起了铜锅，在头顶上盘旋着飞舞着。原来圆形之物与水同样有暗合之处，圆胜于方，如同至柔胜于至刚,这本是道家的学说。在当时,以柔克刚的说法尚未提出,但熊猫的生存方式与道家学说不谋而合,他们坚持以静制动,以柔克刚。蜀安相对别的熊猫来说,情商不足,却独钻了道家的最高境界。他头日举圆形铜锅纯是为了好玩,但他结合蚕食桑叶,不知不觉领悟了武学要义,这日举铜锅则是暗合了那些武学要义。

蜀安嬉戏良久,这才停止,他也不管地上的水迹,冲着金鹤扮了一个鬼脸,便又准备离开。他低头看到尚有少许水在锅底,于是端起铜锅,将里面的水一饮而尽,这才放下铜锅,摇摇晃晃地走了。金鹤见蜀安似乎有些像人类喝多了酒,却不知道熊猫醉水。

至第三日,金鹤既有些期盼蜀安到来,又有些害怕蜀安会做出其他一些出格的事来,他在铜锅中便没有装水。果然,到了相同时间,蜀安再次来了,他径直走向铜锅。原来熊猫性喜固定的玩耍方式,而自闭症者更是喜欢一些重复的机械运动,蜀安来了第一次,便会有第二次,之后便形成了习惯。

蜀安见铜锅中没有水,便端着铜锅去缸中舀水,这次却是盛得满满的,比金鹤用于煮饭的水还要多出许多。金鹤想制止他,但又有些胆怯,只得任由蜀安为之。

如此日复一日,蜀安天天都要到金鹤这里来玩。渐渐地,金鹤胆子也就有些大了。有一天，他还试探着伸手去摸蜀安身上的毛发，也没见蜀安动怒。后来两人便日渐成了朋友。金鹤将这事告诉给了要好的朋友，朋友便也跑过来观看蜀安的表演。

最后岷尚知道了这事，便也跑过来观看。此时岷尚已经知道，蚕丛的确强过自己，便也收敛起了想当首领的野心，逐渐接纳了蜀安。

说也奇怪，蜀安举铜锅之水，先还是洒得满屋都是，后来水越洒越少。至岷尚来看他时，锅中之水便再也未曾溢出过。这事让岷尚啧啧称奇，便跑去告诉蚕丛。蚕丛这才知道，原来蜀安还在"偷偷"地创造功夫。

十、恩惠

不知不觉到了夏天，蜀安愈来愈融入了人类，每个人都很喜欢他。他也萌态十足，让人在劳累之余开怀一笑。正所谓爱屋及乌，蜀安知道家畜对人类的重要性，他甚至喜欢上了那些畜类，偶尔还跑进猪圈、羊舍，在夜晚与他们待在一起，这倒省却了人类对野兽的防范。

有一天晚上，蜀安跑进羊舍，与山羊们待在一起。至半夜，他睡得正香，忽然被一阵"咩咩"的羊叫声惊醒，他睁眼一看，只见那些山羊显得烦躁不安。蜀安还隐隐地闻到了一股熟悉的味道，那股味道似乎又显得十分遥远和陌生。蜀安情知有异，便站起身来。这时他听到了一声细微的敲门声。

蜀安便要过去开门。那些山羊见了，便纷纷直往羊圈的角落里跑，头朝墙壁，尾巴朝后，像是躲避什么。蜀安更加感到奇怪，此时他还不满一岁，正所谓初生牛犊不怕虎，他跑去打开了羊圈门。此时羊圈里的山羊们叫得更凶，而蜀安赫然看到外面站着一头狼。那头狼对于他来说再熟悉不过，居然就是捣奴。

此时蜀安差不多超过半年时间没有见过捣奴，他毕竟是幼仔心性，有了人类收留抚养，便渐渐地把捣奴给淡忘了。

蜀安只觉对方十分陌生，毕竟在捣奴喂奶之际他还不满四个月，甚至因为患有自闭症，即使是面对奶娘，他也不愿意做过多的交流。倒是人类时常聊起狼族的凶残，也自然会提及多桑夫妇，蜀安便由此知道捣奴还曾有恩于自己。

捣奴显然无心捕杀这些可怜的山羊，她朝蜀安招招手，转身便往外面走，显然她也害怕惊醒蜀山氏族。蜀安便在心里犹豫，心想：要不要跟去呢？

捣奴见蜀安没有跟过来的意思，遂复转身走了过来，小声说："跟我走吧，蜀安。"

此时捣奴一走近羊圈，山羊们便又叫个不停。捣奴也害怕惊醒人类，在对蜀安说过这话之后复又转身走了。蜀安担心自己随捣奴走后，多桑会跑来捣乱，他于是关上了羊圈的门。捣奴在远处看着，暗想蜀安到底与自己陌生多了，心里便有了提防；只是他毕竟还只是一个孩子，在外面关门，无法从里面闩住，就能防御狼族么？

当下蜀安随捣奴朝前走去。他们不知不觉地来到了一个峡谷地带，蜀安忽然警觉起来，他甚至隐隐地感觉到了一丝不安，似乎有一股若有若无的杀气在山谷里弥漫。原来熊猫部落一直住在岷山以南的缓坡地带，在那里他们便于打滚嬉戏，同时也能够找到充足的食物。而人类自蚕丛开始，逐渐由坡地迁徙到平地上生活。蚕丛之前，蜀地人类主要以捕猎为主，而到了蚕丛时代，他们逐渐过上了半耕半猎的生活。蜀安在出生后的前三个多月里一直生活在缓坡地带，而在后面几个月时间里则是生活在山脚平地上。如今他随捣奴来到狭窄的山谷之中，自然便感到了一种无形的压抑。

正在这时，谷中跳出三头半大狼来，蜀安顿时吓了一跳，忙依崖而站，以防那些狼进攻自己。捣奴见蜀安有些胆小，不觉好笑，连忙朝众狼吆喝一声："都退下，蜀安是我的熊孩子。"

那三个狼小孩见狼王后如此说，朝她一躬身，闪到一边。捣奴欲带蜀安再往里面走，但蜀安不肯入内。捣奴无奈，只得发出一声长嚎。很快地，另一声长嚎从不远处传过来。不多久，一头身材高大的公狼出现在蜀安面前，正是多桑。

那次洪水之后，多桑曾想捕食蜀安，甚至逼着捣奴将蜀安的短尾巴咬伤。但那时蜀安一直处于自闭状态，奶娘对他的伤害反而激发了他的潜意识，所以他倒也不对多桑怀有敌意。甚至在多桑夫妇跑来袭击人类家畜时，蜀安还想着与捣奴亲近。

多桑大笑着说："半年不见，你可长高了。"

蜀安点点头。捣奴便说："孩子，他是你爸爸。"

"爸爸"这个词顿时让蜀安迷糊起来。他记得很小的时候，总有不停的声音在叫嚷着"爸爸",可是那个爸爸似乎不是眼前的狼王啊。但是那个爸爸太过模糊,蜀安都几乎不知道他的存在,虽然他在金貅被洪水冲走时不由自主地叫了一声"爸爸",但那声呼叫也只是无意识的。此时捣奴要他叫爸爸,他摇了摇头,说:"不对,你不是我爸爸。"

多桑的心一沉,但他仍然满脸堆笑。捣奴则说:"傻孩子,他是你的狼爸爸。你自己的爸爸早就被洪水冲走了。"

蜀安便苦苦思索起来,他似乎隐隐听人类说起过熊猫爸爸,只不过人类担心他伤心,提及金貅的次数不多,反不及议论多桑的次数多。此时天空中挂着半轮月亮,蜀安仰望着月亮,他忽然大叫起来,转身便朝山谷外面跑去。多桑与捣奴面面相觑。待蜀安跑出一段距离后,多桑就朝捣奴使了个眼色。

捣奴便如同箭一般地奔向蜀安。蜀安跑得并不快,捣奴很快就拦住了蜀安。蜀安便也盯着捣奴。捣奴说:"孩子,你还记得吃过我的奶么?"

蜀安一片愕然。捣奴遂走近蜀安:"来吧,孩子,你都许久没有尝过妈妈的奶了,你都快要忘掉妈妈了。"

捣奴说着走向蜀安,伸前爪搭在一棵树上,狼奶便对准了蜀安。蜀安顿时更觉迷糊,一股奶香也随之冲进了他的大脑。出于本能,他不由自主地张嘴含住了狼奶。那股久违的气息便也进一步蹿进了他的脑门。其实蜀安早已过了吃奶的年龄，可是那时他处于自闭状态，与外界交流自是与其他熊猫不同。这次他真实地感受到了一种母爱。初夏的捣奴刚产下孩子不久，奶水十足，蜀安吃得自是十分惬意和满足。

而在他们身后，多桑蹑手蹑脚地走了过来，他看到蜀安陶醉的样子，暗暗得意。

蜀安终于吸饱喝足，于是松开了捣奴。捣奴问："孩子，你还有印象么？"

蜀安点点头："我有一点印象，可是你们怎么会忽然想起我来呢？"

捣奴说："孩子，人类是世上最狡猾的生物，他们虽然没有多大力气，但借助别的生物养活自己。我一直担心你的安危。"

蜀安想了好一阵，最后才说："不对，他们对我很好。"

捣奴急了："那是表面，他们不也对鸡、牛、羊等生物好么？他们喂鸡是为了吃它们的蛋，养牛是为了让它们耕地，而喂猪、养羊则是为了吃他们的肉。他们养着你，兴许会有什么歪主意！"

蜀安细细地回想：可不是么？人类果真如此。可是他们若想吃我，干嘛还要教我功夫？我若学了功夫，岂非对他们不利？

多桑见捣奴沉吟不语，便走了过来，说："孩子，其实我们一直想把你接到身边，可是你也知道，上次我们见面时已经临近冬天，我们还得为狼族准备过冬的食物，便忽略了你。这次天气暖和，我和你母亲都在担心你的安危。"

蜀安盯了一眼多桑，转头望着捣奴，捣奴也点了点头。蜀安的自闭症尚未彻底摆脱，本来就不擅长与外界交流，多桑的一番话让他变得更加迷糊。他不由自主地在那里转着身子，似乎想了解到更多的真实情况。

借着柔和的月光，多桑看到了蜀安的那条短尾巴，虽然不能看清上面的伤痕，但他做贼心虚，以为蜀安是想看看自己受伤的尾巴。他连忙说："其实你若想继续留在人类那里，也不是不可以，但你要小心为是。"

蜀安渐渐地安定下来，他点了点头说："我这就回去啦。"

多桑急了，说："且慢，我还有话要说。"

蜀安不解地盯着他。多桑说："咱们四脚行走的生物，始终不及双脚行走的人类狡猾，所以我们必须团结起来，以抵御人类的进攻。"

蜀安暗想：四脚走路又有什么不好？我跑的速度比人类要快许多，再说我也可以直起身子，用前爪去拿东西。但这话他没有说出口，只是点了点头。

多桑便说:"为了解救那些生物,我准备从人类那里把他们带走,希望你能够帮助我们。"

蜀安便点了点头。当即捣奴又吩咐他许久,最后还与他抱了抱,这才依依惜别。

等蜀安走后,多桑的脸上这才露出了狡狯的笑容。原来在头一年冬天,多桑从蜀山氏族那里败北,回去后,有别的公狼不服,他不得不与之决斗来保住他的狼王地位。开春之后,他得忙于交配,为"后继有狼"做准备,之后便是为幼狼的出生准备粮食。此时小狼已经产出,狼族虽然已准备了充足的粮食,但他为了防患于未然,仍然想着要到人类那里多备点粮。

其实狼族之所以如此,盖与其居住环境相关。熊猫居住在岷山的缓坡地带,其性情变得十分恬淡;人类从山坡迁至平地,不再以狩猎为主要生存方式,便主张人类与大自然和谐共生;而狼族一直生活在狭窄的山谷地带,其性情也就变得多疑、狡猾、贪婪、残暴。他们不仅将目光瞄向那些小动物们,更是敢于触碰力气大他们许多的熊猫,以及追求和平的人类。但多桑也知道,人类不反击则已,一反击必然惊人,便想着要在人类中寻找细作,而熊猫蜀安则是最好的选择。多桑在白日里探得蜀安的住处,夜晚就让捣奴将蜀安引来了这里。

十一、王者

蜀安回到羊圈时，天还没有亮，圈门仍然关着。蜀安便走了进去，他才从月光下走进黑暗的圈舍，眼睛尚未适应过来，山羊们便已围住了他，朝他"咩咩"直叫。蜀安熟悉山羊们的味道，倒也不以为异，只是心头暗想：怎么同样是世间生物，它们竟然不会语言，结果成了强者的食物？狼族当真会解救它们么？

蜀安若不是患有自闭症，他或许会想到狼想吃掉自己时的那种凶残模样，可惜他现在已经将之彻底淡忘了。他傻想了一会儿，便想继续躺在地上睡觉。但是山羊们不依不饶，围着他叫个不停，像是非得缠着他玩耍似的。蜀安便说："山羊们，睡觉啊。"

然而山羊们没法说话。过了片刻，蜀安渐渐适应了羊圈里的黑暗。借着从缝隙里洒进来的微弱月光，他发现山羊居然少了一只。没错，的确少了一只，蜀安再认真地数了一遍。这不啻当头一棒，但他很快就释然，定是狼族将那只山羊救走了，这对山羊来说未必不是一件好事。可是明日人类若是发现少了一只山羊，他该如何交代呢？但是蜀安很快又想：真的是狼族救走了山羊么？他们干吗不全部救走呢？

蜀安自然没有料到狼族的狡猾——夜里捣奴将蜀安引走后,便有数头成年狼钻进羊圈,山羊见狼多势众,顿时吓得哑了口。那些狼便掳走了一只山羊,其余山羊都不明所以,同时又很幸运自己仍然活在羊圈中。这便是狼的狡猾之处,他满以为蜀安不会发现丢失了一只山羊,即使发现,也有可能是夜里走向了别的地方,他们大可以推脱责任。

负责保护山羊安全的人正是金鹤,他与蜀安混熟后,便在夜里放心地将山羊交给蜀安看管,那样他也可以安心睡大觉。想不到这晚会少一只羊!金鹤便问蜀安:"还有一只羊呢?"

此时蜀安正自心头矛盾着——昨夜他听了多桑夫妇一番话,他已开始质疑人类的行为。好在捣奴一再吩咐,要他忍辱负重!金鹤也知道蜀安的毛病,料想问不出什么来,便将这事告诉给了岷尚。岷尚本已开始对蜀安产生好感,如今听了金鹤的报告,其疑心复又生起,暗想他会不会偷偷地将山羊交给熊猫部落呢?可他做梦也不会想到,这次掳走山羊的贼子居然会是狼族!

岷尚便问蜀安羊到哪里去了。蜀安只好推脱说:"我也不知道啊。"

金鹤便说:"可是我早上来时,门都关着。"

蜀安一时语塞。刚好这时蚕丛走了过来，他知悉情况后就说："会不会是昨晚那只羊压根就没有进圈呢？"

金鹤一时语塞，此时他不敢再听从岷尚的唆使——他已对蚕丛心存敬畏，因为蜀山氏族已经投票决定，将首领改称为"王"。首领仅仅是氏族内部对享有权威者的一种尊称，并没有绝对的权威，仅是相对而言；王则不同，他要求臣民对其绝对服从。

王的本字为"士"，意为能够独立任事的人。后来在"士"上加一横，意为"士中之士"，成为人间的最高统治者。炎黄子孙向来在北方活动，蜀山氏族偏隅西南盆地，独成一系，与北方少有来往，但也并非绝对不通往来，只是较少而已。蚕丛时代，北方早已历经三皇五帝，进入夏王朝时代。而蚕丛初年仍是原始民主时代，氏族内部的一些大事往往需要由首领召集大家民主讨论通过。有些议事即便通过，但也往往难以执行，因为首领并不具有绝对权威，有些民主通过的议事影响到个人利益，便有个别人消极抵抗，岷尚便曾明里迎合暗里却反对过蚕丛的决定。后来有人从北方的夏王那里得到启示，希望蚕丛称"王"，部落其他人则改称为臣民。

在这年最寒冷的时候，众人便已一致通过，尊称蚕丛为王，只等次年鲜花盛开的时候举行登基仪式，其用意自然是用鲜花铺陈,搞得隆重一些。眼看着还有三日便是蚕丛登基称王的日子,金鹤自然不敢违背蚕丛的意思。

这天,金鹤将山羊赶至山坡上吃草,他偷偷地藏在附近,以期发现蜀安的异常举动。但是这天山坳里异常平静,蜀安并没有私通熊猫,也没有别的野兽侵袭,偶尔看到一些小野兔在草丛里奔跑,他们非但伤害不了山羊,甚至还有些害怕这群庞然大物。

到了晚上,金鹤让蜀安回自己的屋子里睡觉。蜀安做贼心虚,只好答应着,结果那晚也没有发生意外。这也是狼的狡狯之处,他们捉走一只羊,知道人类会暂时提防,便不再来骚扰——多桑打算选一个合适的日子,再通知蜀安里应外合,捉走更多的山羊。真那样的话,他们就可以不劳而获,让人类替他们养羊。

蜀安知道金鹤不再相信自己,有些不高兴,但又无可奈何。此时若论武力,蜀安早已超过金鹤,但他受人类教化七个多月,知道有些事情并非全靠武力能解决。

那几天,蚕丛也正忙着,全然没有心思理会蜀安的不高兴。岷尚呢,则在帮着蚕丛处理公务,他知道自己以前得罪蚕丛不少,他得讨好蚕丛,以免今后受到刁难。

到了蚕丛称王这天,坝子里铺满了鲜花,整个蜀山氏族沉浸在欢乐的海洋中。

其实大家仍然习惯于先前的首领选举制，蚕丛虽然是从上任首领的手中接过首领位置，但也经过了众人的民主投票。蚕丛称王后，礼仪习俗并没有多少改观。连蚕丛自己也知道，要想真正让蜀山氏族发展壮大，他更应该做到内圣外王，但在现实中他必须推行一套强有力的制度，让异己者绝对服从。

蜀安本来有些失落，但他毕竟是只熊猫幼仔，他很快就被热闹的气氛感染，他还将金鹤的铜锅端来，当众表演了一套爪舞铜锅。大家见锅中之水一点也没有溢出，纷纷拍手叫好。蜀安表演完毕，刚想放下铜锅，这时他的眼睛朝西边一瞥，顿时变得略微有些紧张，双爪微微一颤，锅中之水便洒了一些出来。于是有人暗叫可惜，也有人觉得只洒出那么一点水算是已经很不错了。

原来蜀安无意之中发现了三头狼，它们居然混在了狗群之中。蜀山氏族驯化出来的狗本是用以看家的，但是狗与狼有着很深的血缘关系，在夏末商初时代，狗对狼便不会提防。蜀安于是悄悄地跑过去，那三头狼显然是受多桑之命，前来与蜀安会合。他们见蜀安走了过来，心头会意，遂辞别了群狗，悄悄往外走。

就这样，三狼一熊猫来到了僻静处。首狼这才转过身来，对蜀安说:"我受狼王命令,有要事与你相商。"

蜀安心头十分矛盾,他觉得人类本来对他十分友好,但这几日又让他受到了冷落。而狼呢?擂奴有恩于他,并且是怀着拯救四脚生物的目的而来,他究竟该不该帮助狼族呢?

首狼见蜀安不语,便说:"别犹豫了,别忘了你也是四脚生物,咱们才是岷山之主。可是人类,他们狡猾多端,欲消灭我们,将我们作为他们的口中之食。"

蜀安想着这日蚕丛登基,果然宰了许多山羊,他忽然下定决心:"好,你们要我怎么做?"

首狼大喜,说:"受恩不忘本,这才是咱们四脚生物的应有之道。这样吧,人类为了称王,宰杀了不少四脚生物,咱们狼族今晚打算将他们救走。"

蜀安盯着首狼,迟疑地说:"可是他们防范得很紧呢。"

首狼说:"你放心好了。狼王早就探得明白,蚕丛称王,蜀山氏族必然喜令智昏,饮酒作乐过度。今晚你只需要在这里配合我们行动即可。"

蜀安点头称是。首狼便与他约定晚上的口号,要他设法打开羊圈门。辞别那三头狼后,蜀安只觉得内心热血沸腾,暗想自己虽然还是只熊猫幼仔,倒也可以为四脚生物出力了。

当蜀安回到人群之中,也没人理会他去了哪里。蜀安便也自得其乐，他看到饭桌上有烤熟的竹笋，便拿来塞进口中。众人知道蜀安喜食竹笋，便任由他吃食。有些人甚至本来已将竹笋挑到了陶碗里，复将竹笋拣出来，递与蜀安。蜀安便冲那人点头微笑，不客气地将竹笋吃了下去。

蜀安不知不觉吃饱了肚子，于是寻找些清水喝下。等那些水落肚，他便开始微醺，于是回屋睡觉去了。

十二、夜袭

至半夜,蜀安这才醒了过来,他推门仰望天空,只见天上的月亮较四日前更加弯曲,而且月亮周边似乎还有一些毛边,大地显得愈加黑暗。这时他听到一只狗发出了沉闷的声音,知道准是狼族来了。蜀安于是来到羊圈外面,用力一推,门闩立即折断。里面的山羊顿时发出"咩咩"的叫声。蜀安走了进去,朝山羊"嘘"了一下,众山羊认得蜀安,便又恢复了平静。

不多久,10头狼便出现在了羊圈外面。众山羊见是天敌到了,顿时叫嚷开来。蜀安急了,忙说:"别叫,他们是救你们来了。"

但是那些山羊可不管那么多,叫得更加厉害。首狼遂吩咐蜀安:"打昏它们!"

首狼也知道,他们10头狼虽然已经成年,但力道未必有蜀安大,要想捉走那些山羊,倒也需要花费一番工夫。当然他们也可以立即咬死山羊,再行拖走,但这样会暴露出他们的罪行。为了继续赢得蜀安信任,首狼便让蜀安打昏山羊。蜀安不知是计,果然挥掌朝一头山羊打去。那头山羊见昔日的好朋友忽然变脸,明知不是对手,但也奋力地用羊角朝蜀安拱来。而那些狼也并没有歇着,他们开始捕捉山羊。

正当双方对峙之际,外面忽然灯火通明,紧接着传来了一阵急骤的脚步声。蜀安一惊,知道蜀山氏族有人来了。首狼也意识到了危险,他灵机一动,说:"蜀安,别慌,你当我们的人质,看人类还敢不敢动咱们!"

蜀安的思维本就不十分利索,此时他可谓心乱如麻,于是听了首狼之劝。首狼用前爪抓住蜀安,从羊圈里走出来,大声说:"都闪开,蜀安在我手上。"

只听一人冷笑说:"蜀安也是细作——"

说话之人正是金鹤。由于数日前丢过一只山羊,金鹤一直耿耿于怀,他疑心蜀安将山羊送与了熊猫部落,这几日便时刻留意着他。就连在蚕丛称王这等热闹场面,金鹤的目光也始终没有移开过蜀安。他发觉蜀安偷偷往外面溜,紧接着便看到那三条扮狗的狼,遂悄悄跟了过去,便自然知道了他们的秘密。金鹤将这事告诉给了岷尚,岷尚颇为震惊。此时他已开始对蚕丛心存顾忌,又知道蚕丛看好蜀安,最后决定将这事告诉给蚕丛。蚕丛半信半疑,让人在夜里偷偷设伏——他知道狼族太过狡猾,埋伏之处不敢太过靠近,直到羊圈之中发生了持久的争执,他们这才出现。

谁知金鹤的话尚未说完,便有一人打断了他的话:"胡说,蜀安不是在恶狼手上么？"说话之人正是蚕丛，金鹤便不说话了。此时，蚕丛何尝不知蜀安是恶狼的细作呢？但他心怜蜀安尚幼，便想给他一个机会。再者狼若真发现蜀安被人类识破，说不定会就此灭掉蜀安——在狼看来，只有对他们有利益，他们才肯施以援手，否则定会落井下石。

果然，首狼见金鹤识破了蜀安的身份，就想用力弄死蜀安，但蚕丛的话又让他放弃了这一想法。首狼带着众狼悉数从羊圈里走出来，他见人类团团包围住了他们，就说："识相的，都退开，我保还你们蜀安。"

蚕丛沉声说："你们三番五次跑来捕杀山羊，总该有个交代吧。"

首狼说："弱肉强食，向来如此，这是岷山的规则。"

他抓着蜀安一步一步地逼向包围着的人群，人群见有蚕丛发话，担心伤着蜀安，便机械地直往后退。其实首狼适才暗中使劲，蜀安便已隐隐感知到了他的不善，此时听到首狼说什么"弱肉强食"，更是明白自己上当了。但首狼的利爪牢牢地抓着他，他不敢轻举妄动，只得随着首狼的脚步挪动着。

首狼似乎觉得蜀安步履较慢，于是低喝道："快点走。"

就在首狼说话的那一瞬间，蜀安明显感觉到首狼的力道稍有松懈，连忙将身子向前扑去，他一下子前爪着地，伸后腿猛地踹向首狼。这一打法正是花刺子与蚕丛对阵时使用过的招数，只不过当时一人一熊猫面对面作战，花刺子曾经抱头向后翻滚；而在另一回合中，蚕丛也曾借此踢中花刺子的下颚，此时则是首狼抓住了蜀安，蜀安的招数作了适当变通。首狼毫无防备，脑袋立即被蜀安的双脚踢中，他顿时疼得拼命地摔头。这时蜀安已经转过身来，挥掌击在了首狼的头上。好在蜀安的力道虽然较同龄熊猫要大出许多，但一时之间倒也无法击倒已经成年的首狼。

蜀山众人见蜀安得手，连忙挥舞着手中的木棍和铜兵器朝那10头狼击打过来。众狼先还想抵抗，但蜀山氏族这晚埋伏之人个个身强力壮，很快就将他们打得失去了还手之力。首狼只得投降，众人于是将那10头狼悉数捆了起来。

金鹤高兴地说："想不到明天还有狼肉吃！"

金鹤说着眼角扫了一下蜀安，见他神色有异，便不敢再说。其实在夏末商初，熊猫偶尔会吃狼和人，狼也要吃人和熊猫，人同样会吃狼与熊猫，相互为食，这在大家看来原本再正常不过。但是蜀安对他们不同群类的食物链知之甚少，毕竟他还不满一岁。且是孤独的自闭症患者，大部分时间都在封闭自己，只是近日因练习铜锅，蜀安的自闭症症状有所改善，但并未彻底消失，思考问题也就不能按照常规进行。前些日子狼王只说人类要吃四脚动物,而没有说四脚动物同样会吃人类。此时他听金鹤如此说,便对多桑的话又相信了几分,深悔不该临阵倒戈。

首狼见蜀安的脸上阴晴不定,遂恶毒地骂道:"你这个反复无常的死熊猫,迟早会与我们一样被人类吃掉。"

蜀安脸上更觉尴尬。蚕丛连忙走过来,拍着蜀安的肩说:"这次你可立了大功。"

蜀安心头暗想:真是立功么?我这样做对得起捣奴奶娘么?也不知这10头狼中有没有她的孩子,奶娘的孩子可是自己的同胞啊。

蚕丛怕蜀安难堪,便让他随自己回"寝宫"。是夜,蜀安就睡在了蚕丛的"寝宫"里。但是蜀安白天已经睡足,现在再也无法入眠,他索性在地上坐了起来。

再说蚕丛折腾了大半晚上,早已疲倦。等诸事甫定,他才彻底放松,回"寝宫"不久便鼾声大作。蜀安悄悄站起来,蹑手蹑脚地来到蚕丛面前,只见蚕丛两边的眼睛睁得老大,只有中间的纵目闭着,顿时一惊,以为蚕丛已被惊醒。蜀安便想退回,但鼾声持续从蚕丛的嘴里吐出,这才确信蚕丛已经睡着。原来蚕丛两边的眼睛似螃蟹眼睛一样鼓着,即使睡觉,眼皮也无法包住眼珠。蜀安暗想:也难怪只有蚕丛才可以称王,单是这相貌就足够奇特的了。

蜀安担心吵着蚕丛，便坐在床边一动不动。过了许久，蜀安的睡意渐渐来袭，便也闭上了眼睛。正在这时，不远处传来了狼嚎之声。原来那10头狼受命捉拿山羊，结果反陷人类手中。多桑见众狼久不见回，便率其余众狼跑了过来。

被蚕丛率人捉住的首狼听到多桑呼唤，便也嚎叫着回答。两头狼一呼一应，蚕丛便醒了过来。他直起身来，见蜀安也在盯着自己，就说："狼是世上最为团结的生物。狼王见手下被我们捉住，准是寻我们晦气来了。"

蜀安问："狼会对山羊怎么样呢？"

蚕丛一怔，心想蜀安到底还没有明白世间的生存法则，就说："狼是山羊的天敌。"

蜀安一呆，他不明白天敌的真正含义，但也知道世上的生物绝对不会解救敌人。蚕丛说："世上就是这样，弱肉强食。就像你们熊猫部落，必须吃肉才有力气活下去，咱们人类也一样，狼族也一样，都需要吃肉。我们只是看谁被谁吃掉罢了。"

蜀安便有些不安地说："你们把我养大后，会吃掉我吗？"

蚕丛顿时一乐："傻孩子，这些年，熊猫爸爸和我不停地在调解熊猫与人类的关系。记住，熊猫永远是世上最高贵的生物，人类也是世上最高贵的生物，熊猫与人类定能相互珍惜，共同生存下去。"

"熊猫爸爸"这个词语从蚕丛嘴里说出,蜀安只觉又增添了几分亲切感,他于是亲昵地将头向蚕丛的身上拱了拱,仿佛蚕丛就是他的熊猫爸爸。蜀安的这一拱,在蚕丛看来,觉得蜀安就只是一个稚气未脱的小孩。蚕丛摸了摸蜀安的头,接着就带他走出了屋子。

此时多桑带着7头狼正远远地站在山岗上,山岗后面是狼道,便于撤退。山岗下面已经站有数人,他们个个手执兵器,在小心翼翼地靠近山岗。蚕丛一到,人们便又增添了一分胆量,朝狼吆喝的声音自也提高了许多。多桑一见跟在蚕丛身后的蜀安,便明白了几分,大骂道:"死熊猫仔,好你个忘恩负义的家伙!"

蜀安想起自己曾受捣奴母乳之恩,结果反戈一击,葬送了10头狼,十分惭愧。蚕丛似乎也感觉到了,便侧身对蜀安说:"其实在你小时候,捣奴还曾咬你一口,至今你的尾巴上还有伤痕。"

蜀安已经不记得伤痕的由来了,但他在水中照镜时曾偶有看到,原以为天生就是这样,现在才知道伤痕原系捣奴所咬。可是捣奴为什么要咬自己呢?前几日她不还在喂奶给我么?这事让他不由变得迷茫起来。

也不知过了多久,蜀安都一直处在迷茫之中,对周遭发生的事情浑然不觉。蓦地,他发觉有谁要伤害他,连忙本能地伸掌去推。谁知前爪刚刚接触到对方,他的头脑就立即清醒了过来,他发觉被推之人赫然就是蚕丛。蚕丛始料未及,被蜀安推得接连后退了好几步,这才站定。众臣民见蜀安居然胆敢对大王无礼,顿时吆喝起来。

蚕丛知道蜀安适才沉浸在了自己的世界里,对周遭万物懵里懵懂,遂朝众人摆摆手,不让大家为难他。蜀安涨红了脸,他四处一看,这才发觉此时天色大亮,而多桑早已离去。他连忙问:"多桑呢?"

蚕丛说:"他想要回手下,已被我回绝了。他说要来报复。"

蜀安便有些不安,问:"这如何是好?"

蚕丛环视了一眼众臣民,说:"狼族向来残暴无比,咱们用篱笆做成的房屋自然无法抵御他们,而每天晚上派人巡逻守护也不是办法。咱们必须效仿北方夏王,用石头修筑围墙。"

众臣民齐声说:"大王英明。"

众人说动就动,反正也不需要举行什么开工仪式,立即就搬运石头,围着住房兴修围墙。而蜀安觉得祸端系由他肇始,所以显得特别卖力。但他毕竟只是一头幼仔熊猫,反不及人类善于用巧,做事也就事倍功半。

蚕丛见了,遂让蜀安跟着自己,继续操练功夫。

十三、使者

不知不觉天气愈加炎热。这日，蚕丛带着蜀安视察城墙修筑情况。但见城墙已经初具规模，足可抵挡狼族侵袭。蚕丛暗想：看来称王这一着的确走对了。打从内心讲，蚕丛希望效仿北方的三皇五帝，以圣人之心降服各部落，但屡不见起作用，甚至一些部落还阳奉阴违。其实蚕丛与上代首领有所不同。上代首领时，只有首领一人颇有威望，各部落自然臣服。到了蚕丛时代，蚕丛与岷尚都是佼佼者，这才各有一帮拥护者，以致蚕丛的命令发出后难以落实。

先前蜀山氏族居住在半山坡，不时要与狼族、熊猫作斗争，防止他们危害牲畜，甚至危害到人类自身，蚕丛屡屡提议迁至山下平地。但是岷尚担心水患，搬迁之事拖了很久才付诸实施。后来蚕丛提议修筑城墙，岷尚觉得劳民伤财，影响生产，迟迟未动。蚕丛称王后，他一提出修筑城墙，便立即得到众人响应，这说明大家更信服"专制"，当然这次决策能够得到迅速贯彻，也与狼族同人类的矛盾激化有关。

众臣民见到蚕丛，纷纷打着招呼。蚕丛也逐一含笑回应。走了一段路，这时从不远处传来了狼嚎声。蚕丛扭头盯了一眼蜀安，见蜀安已是神色自若，心头稍安。蚕丛知道蜀安感恩于狼王后，在人类与狼族之间有些摇摆不定，这段时间便曾对其百般开导，如今蜀安终于明白事理，摒弃了对捣奴的愧疚之心。其实自那10头狼被人类捉住以后，多桑在狼族那里受到了群狼责怪，他的日子更不好过。好在多桑力大无比，赢得多次挑战，使众狼臣服，只是他得不时地寻找机会报复人类。但是这段时间人类防范甚紧，再说只要修好围墙，狼族今后要想报复人类，机会更加渺茫。

正在这时，岷尚匆匆赶来，禀奏道："金鹤带着巫咸氏族的使者回来了。"

蚕丛大喜说："如此甚好，我这就过去。"

巫咸氏族系巴人的一个分支，住在巫山一带，在夏末商初时相对于蜀山氏族，其经济更为繁荣，而且控制着人类的必需物质——食盐。当时蜀地并不产盐，盐的来源全靠与巫咸氏族交易。巫咸氏族因其独特的地理位置,东可与荆楚相通，北可与夏王朝联系，经济十分繁荣。巴人本来分为5支，后来巫咸氏族出了一位英雄人物——禀君。禀君神武有力，擅长骑射，并受到盐神茶荑青睐。当蜀山氏族从半山腰迁至河谷的时候，禀君也在茶荑的帮助下，打败众部落，登基当上了巴国国王。

最初巫咸氏族一直以盐来换取蜀山氏族的羊。禀君称王后，意识到了盐对人类的重要性，而羊肉在食物中可有可无，便有意抬高盐价，要蜀山氏族以两倍的羊去换取以前相同数量的盐。

这事让蚕丛头疼不已。岷尚力主用武力征服巫咸氏族，但是蚕丛知道，巴蜀二地虽然同处盆地之中，其实十分遥远，出兵打仗需要后勤保障，以当时的条件，显然难以维持，他只得派人前往巫山，与禀君谈判。可是禀君就是不理。

蚕丛称王后，再次派遣金鹤出使巫咸氏族。或许是因为禀君念在蚕丛称王的分上，居然派来了使者回访。

当蚕丛走回王宫时，金鹤正陪同使者及随从在王宫里面参观。原来蜀山氏族的王宫与巫咸氏族有所不同。蚕丛一直主张内圣外王，广施仁政，并且因称王不久，王宫仍是以前的房屋。而禀君称王较蚕丛要早好几年，且与北方相通，他虽然未曾见过夏王的宫殿，但也知道北方诸侯的宫殿，于是找人仿照诸侯的宫殿修建王宫。使者见蚕丛的王宫极其简陋，打内心里有些瞧不起蜀王，于是在屋子里东转西转，还不时伸手摸摸这里，摸摸那里。而金鹤也不知道礼数，陪着使者任其胡闹。

金鹤看到蚕丛带着蜀安走进王宫，便向使者引见："他就是咱们大王。"

使者原本有些瞧不起蜀山氏族，没想到乍一见蚕丛长相奇异，双膝不由得一软，便跪了下来："参见大王。"

蚕丛与金鹤也同样吓了一跳。原来蚕丛虽然称王，却并未要求众臣民行跪拜之礼。蜀山氏族之前一向只拜天、拜地、拜鬼神、拜父母，蚕丛与金鹤做梦都不会想到使者居然会拜大王。其实巫咸氏族禀君虽然孔武有力，但长相与常人无异，在国人中受到无上的尊敬，臣民们见了他都会下跪行礼。而蚕丛长有三只眼，不怒自威，使者见了自然心生惧意。

蚕丛连忙扶起使者说："快快请起，你来了正好。"

使者望着蚕丛，惊魂未定，再略微扫了一眼蚕丛身边的蜀安。蜀安冲使者吐吐舌头，扮了一个鬼脸，使者更是心惊，暗想蜀山氏族真是奇也怪哉！

待双方坐定，蚕丛说："近几年，贵国屡屡抬高盐价，咱们蜀地不堪重负，还望恢复到原有水平。公平交易，才是你我两国之福。"

使者见蚕丛平易近人，不觉傲慢之心又起，暗想蚕丛也不过是长相凶恶罢了，实则是个无能之辈，于是有心相欺，说："大王深居内陆，有所不知，食盐需要赴深海采掘。这海洋非同寻常，乃是一望无垠的水域，波涛汹涌，极其凶险，稍有不慎，便会葬身海底。而养羊则是轻易而举之事，先前以盐易羊，我国实乃亏也。"

其实巫山与东海相隔甚远，巫咸氏族所得之盐乃是井盐，出自盐阳（今湖北恩施）一带。巫咸氏族首领禀君受到盐神荣蘷青睐，荣蘷遂以盐相赠，巫咸氏族于是用盐来换取蜀山氏族的羊。在当时，羊是各部落的通用货币，巫咸氏族需要用羊与北方夏王朝换取所需物品。此时使者欺蚕丛未见过大海，便出言相欺。

蚕丛当下似信非信，就说："使者之言诚然有理，然蜀山不堪重负，还望见谅。"

蚕丛之言无疑暴露出了有气无力，使者仗着稳占上风，坚决不从。蚕丛顿时皱了皱眉，暗想买卖乃是你情我愿之事，巫咸氏族不肯松口，应当如何是好？

使者偷眼见到蚕丛心头着急，愈觉得意，他眼珠子一转，看到蜀安的萌模样，于是得寸进尺。他指着蜀安说："这只动物长得好生奇怪，要不以他换盐吧？"

蚕丛尚未回答，蜀安已自急了。原来他虽然患有自闭症，但是随着年龄增长及功夫精进，自闭症状日渐改善，而且他在熊猫中自闭，与狼族和人类却时有沟通。使者如此说话，蜀安便知对方未安好心，他再也忍耐不住，伸掌就朝使者推了过去。

那使者在巫咸氏族中本来也是不多见的大力士，曾随禀君东征西讨，屡次立下汗马功劳，他自信少有敌手。他见蜀安朝自己奔来，便心存提防，暗中鼓足了劲，可是蜀安那一掌，使者硬是没能挡住。使者当下"噔噔"地接连后退了好几步，眼看就要靠近墙壁，这才向后倒去。他的头撞在墙上，立即鼓起一个大包。

使者何曾受过如此屈辱，当下心头发怒，连忙抽出铜剑，朝蜀安刺过来。蜀安不敢硬接，向后翻身一滚，闪到一边。

使者还想再刺，蚕丛说："使者息怒，他是畜类，年龄尚幼，请不要与他一般见识。"

使者见蚕丛发话，这才意识到自己身处蜀山氏族，不比在巫咸氏族中位尊荣殊，可以为所欲为。他当下愤愤不平地收起铜剑，嘴里冷"哼"一声。

不道使者心头有气，却说蜀安听蚕丛称自己为"畜类"，不觉心头愤懑。原来蜀山氏族一向以饲养的家畜为畜类，而将能够说话的人类、狼族、熊猫作为世上高等生物，想不到此时蚕丛把蜀安与其他家畜相提并论。蜀安当即从屋子里冲了出去。

蚕丛一怔，不明所以，他想也不想，便追了出来，直将使者冷落在了那里。原来蚕丛自称王以后，正需要发展蜀山氏族,他看中了蜀安的价值所在,自是将其视为己出。

蜀安的速度本来极快,蚕丛原本追他不上。但是蜀安见蚕丛追了出来,想起之前蚕丛对自己的好处,步履渐渐缓了下来。蚕丛加快脚步,谁知眼看就要追上蜀安,蜀安便又加快脚步,很快就与蚕丛拉开了距离。如是反复几次,直让蚕丛哭笑不得,他知道蜀安的孩子脾气,遂大声说:"蜀安,你听我说。"

刚好蜀安的前面站着岷尚,他大声问:"怎么啦?"

蜀安没有回答,路过岷尚时,被岷尚挡住了。蜀安的力气也不知要比岷尚大出好多倍,但是岷尚一把抱住蜀安,蜀安仅是象征性地挣扎一番,便放弃了。蚕丛这才追了过来,累得直喘粗气。

岷尚略带责备地说:"你这孩子,蚕丛是大王呢,你咋能不听大王的话?"

岷尚自然无法想到,在孩子眼中,没有尊卑概念。蜀安是熊猫小孩,同样不会把蚕丛看作尊贵的大王。蚕丛不知道蜀安是因为自己将其视为畜类,还以为自己适才替使者说了话,便朝岷尚摆了摆手。

蜀安有些生气,不理蚕丛。蚕丛说:"咱们只有吃了盐才有力气,巫咸氏族有盐,咱们可不能得罪他。"

蜀安的气愤这才稍有减少，其实熊猫吃的盐甚少，他们只须舔一舔汗水便可补充盐分。只是平日里蚕丛将蜀安视同人类，偶尔将盐和在蜀安的食物上，蜀安食盐知味，便也知道了盐的重要性。另一方面，蜀安自出生后，其体质较其他熊猫偏弱，但因与人类同食，其生长发育也就较同类要快得多。

蚕丛见蜀安不再生气，这才心里稍安，他忽然又冒出了另一个念头，惊呼说："哎呀不好，我只顾追你来了，将使者晾在屋子里面，咱们赶快回去。"

蜀安执拗着不肯回去。蚕丛遂说："你放心好了，我绝不会拿你去换盐。"

蜀安倒并不是担心蚕丛真会将他拿去作交易，此时听蚕丛如此说，就说："以我之见，使者对咱们蜀山氏族十分轻视，咱们也不宜卑躬屈膝，否则定会受制于人。"

岷尚往日不服蚕丛，便是觉得蚕丛太过优柔寡断，远不及自己做事干练果断，此时听蜀安一说，正合心意。就说："是呀，巫咸氏族若敢断咱们的盐，咱们大可以武力换取。"

蚕丛正色说："买卖乃公平之事。人家之物，焉可强夺？"

蜀安想起人类曾经杀鸡宰羊，遂说："咱们以四脚生物为食，岂不为强夺乎？"

其实自多桑夫妇说出人类与动物的恩怨后，蜀安一直耿耿于怀,此时正好借机说了出来。

蚕丛听了一室,半晌才说:"咱们先前以狩猎为主,现在以农桑为主,就是希望人类与大自然和谐相处,目的便是减少争夺。"

十四、狼战

人类与狼族之间的战争终究还是发生了,时间是在这年的秋天。

这年本来风调雨顺,蚕丛自称王后便开局良好。他们修筑的城墙也足以抵御狼族的夜袭,这也相应减少了夜晚巡逻人数。而且蚕丛还从被蜀安踩扁的竹子中得到启示,他制作了一种竹匾,在竹匾上面铺上一层稻草,便可以在上面养蚕,这比在桑叶上养蚕要好得多。因为蚕是世间最为脆弱的虫子,稍遇风吹雨打便有可能死去,而且它对清洁度要求极高,并不好养。蚕丛头脑开窍,想到了这种好法子,蚕的存活率因此大为提高,其结果自然是蚕茧的数量增加。

那次巫咸氏族使者见蚕丛抛下自己,跑出去追逐蜀安,觉得受到怠慢,不顾金鹤相劝,怒气冲冲地离开了蜀地。之后巫咸氏族断绝了对蜀山的食盐贸易。打那以后,蜀山氏族获取食盐只能通过两条途径:一是与巫咸氏族的部分贵族暗中做交易,但是这种交易成本极高;二是蚕丛开始与北方进行贸易往来。

此时北方时有战争发生,而且他们本身也产羊,蜀山氏族的山羊便提不起价。刚好丝绸解决了这一难题。丝绸一直是质量极高的衣服原料，深受贵族们的喜爱。当用丝绸织成的蜀锦送到北方及巫咸氏族贵族们手中时，便立即引起了巨大反响，进而也就解决了食盐的来源问题。

秋天是一年中最后一次养蚕的季节，俗称秋蚕。蚕丛对此格外重视，他让岷尚好好组织妇女们采摘桑叶养蚕。

这日，岷尚率众人来到桑树林不久，多桑便率领一大群恶狼赶了过来，将岷尚等人团团围住。原来前些日子人类捕捉了10头成年狼，多桑一直怀恨在心，不时骚扰人类。但是人类总是结伴而行，而住处又有围墙保护，多桑无处下手。

渐渐地，狼族中的幼狼开始长大，狼族增加了新生力量，多桑决定再次出击。他不敢招惹蜀山氏族中的成年男丁，目光便瞄准在了妇女们身上。当时蜀山氏族刚刚进入奴隶社会，分工十分明显，男丁主要负责捕猎和驯养家畜，而妇女和儿童则是从事农桑，以及料理家务。蚕丛担心狼族报复，特意让岷尚跟在妇女那一路。

多桑终于瞅准日子，将岷尚等人围了起来。人类除岷尚外，其余诸人均只背着背兜，没有趁手的武器。便是岷尚也只是手执一根长木棍——他在保护众妇女时，同样还得采摘桑叶，所以不便携带较重的青铜武器。岷尚当下让众妇女聚在一起，扭断树枝以作武器，他则挥舞着木棍阻挡恶狼的袭击。

此时人类身处桑树林中，可供折断的树枝也只有桑树，而桑树十分柔软，很难折断，而且一旦折断之后，次年则会减少桑叶产量。但岷尚也顾不了许多，让大家不得已而为之。

多桑也看出了蜀山氏族面临的难题，他狞笑着说："可笑的人类，你们已经无路可逃。你们捕我族类，理当偿命！"

岷尚说："岷山这么大，咱们各处一方，大可和谐相处，你们何必要为害人类？"

多桑说："人类愚昧无知，只有狼族才是岷山的主人。你们理应供给我们鸡、羊，可你们占着不给，我们自然要抢。"

这真是强盗逻辑！岷尚说："你们若是需要鸡、羊，大可以自己喂养，凭什么要不劳而获？"

多桑狞笑着说："有愚昧无知的人类替我们饲养，咱们狼族才懒得喂养。"

这话更是不可理喻，岷尚眼见众妇女都人人手执桑枝在手，心里便有了一些底气，但另一方面他又有些担心，原来众妇女们无法扭断较大的桑枝，所执桑枝十分柔软，打在狼身上虽然疼痛，但无法致命。人类的耐力远低于狼族，时间一久，狼族还不稳操胜券？

多桑也看到了这一弊病，他担心时久生变，不再说话，向群狼吃喝一声，群狼便立即朝人类扑了过来。妇女们见恶狼扑来,便挥舞着手中的桑树条。那些恶狼也知道桑树条打在身上疼痛无比,不敢硬接,便跳跃着后退。

如此一来,恶狼不停地扑过来,又被妇女们不停地击退,双方进入了僵持状态。恶狼犬错一向不服多桑,甚至还曾挑战多桑的狼王位置。此时他见多桑不敢向岷尚发动进攻,颇有些瞧不起,他决定在众狼面前树威,于是嚎叫一声,冲向岷尚。岷尚此时在人群中力气最大,但他的任务不是作战,而是组织妇女们作自我保护,所以并未主动进攻狼族。此时他见犬错扑向自己,只得挥棍还击。犬错刚刚扑近,便挨上了一棍,但他不愿服输,继续向岷尚扑来。

多桑见犬错在与岷尚对敌,便也扑向一个妇女。那位妇女见是狼王进攻自己,吓得哇哇大叫。岷尚连忙舍弃犬错,冲向多桑,挥棍朝他击过来。多桑知道人类的智慧,不敢硬逼,只得躲闪开来。犬错见多桑总是想着躲闪,心头对他便更加瞧不起。

约莫过了一刻钟左右,大家听到怒吼连连,原是蜀安跑了过来。原来这日蜀安随蚕丛巡视农作物,他忽然听到狼的嚎叫声,心知有异,便对蚕丛说:"狼来了。"

蚕丛却未有听见,但他知道蜀安自小吃狼奶长大,对狼族有着一种天然敏感。蚕丛正要说话,蜀安却已冲向了狼嚎的地方。犬错自然不会想到，自己的一声嚎叫居然引来了蜀安——这便是他不及狼王多桑的地方，多桑曾命令大家只动手不出声，以免惊动其他人。可是犬错在向人类发起进攻时习惯性地嚎叫一声。

蜀安见岷尚受到两头狼的攻击，接连遇险，便朝那两头狼扑了过去。待看清其中一头狼居然是狼王多桑时，他微微一怔，转身扑向犬错。犬错瞧不起这个才一岁多的幼熊猫，他嚎叫着张开利齿，意欲咬伤蜀安。蜀安挥掌击了过去，正中犬错下颚。犬错顿时疼得哇哇直叫。

犬错的叫声立即吸引住了群狼。那些狼见犬错遇到危险，便放弃了妇女们，改为进攻蜀安。原来狼族的厉害之处就在于彼此团结，犬错是狼王的竞争对手，在内部，拥护狼王的众狼也曾与犬错为敌，但是一旦遇有外敌，众狼便又站在犬错一边，共同对付外敌。他们不比人类，正好可以借此将劲敌杀死。就连多桑也很懂得团结，他虽然担心犬错会威胁到他的狼王地位，但此时他见犬错遇到危险，便也与众狼一起围攻蜀安。

岷尚知道蜀安双拳难敌四手，便与蜀安背对背地与群狼交战，妇女们有的想加入战斗，也有人想跑回去通风报信。但那些想通风报信的妇女又担心自己溜走时，会被狼给盯住，落单后反而会成为恶狼口中之食。她们在患得患失中犹豫着。

此时蜀安较之前功夫又有所进步,但人类这方的力量实在太过单薄,斗不了多时便渐渐落了下风。蜀安身上接连被狼咬了数口,岷尚的胳膊也被咬了一口,而妇女们更有好几人受伤。

多桑大声说:"大家听令,人类已经技穷,咱们加把劲,一举杀死他们,为10勇士报仇!"

原来那日夜间捕羊的10狼乃是狼族中的十勇士,也是狼族中的中坚力量,为他们捕获猎物立下了汗马功劳。10勇士一死,对狼族可谓损失重大。犬错也甚为看重10勇士,所以先前进攻最急,结果挨打最多,此时听了多桑命令,他大叫一声,变得更加凶残。岷尚料想今天凶多吉少,便对蜀安说:"你走吧,叫大王为我们报仇。"

蜀安说:"你们待我不薄,焉可临阵脱逃?"

话音刚落,他们就听到了来自人类的吼叫声。原来蚕丛见蜀安匆匆离开,情知有异,遂回去带领众男丁寻了过来。人类奔跑的速度远不及蜀安,落后蜀安多时。此时众男丁大吼一声,挥舞着手中的武器击向众恶狼。

这些男丁乃是有备而来,他们手里拿的不再是木棍,而是实实在在的青铜武器。众狼见人类力量增加,开始心怯,便连犬错也收起了狂妄之心。当下众狼聚在一起，听候多桑命令。

蚕丛说："好你个多桑，咱们人类一再忍让，都已经退出了山坡，你们还要侵犯我们，实在可恨。"

多桑狡辩："你们捕捉 10 头狼在先，我们自然要报仇。你们若肯放出他们，咱们就此息兵。"

其实人类缺少粮食，而养狼的成本过高。蚕丛捕捉 10 头狼后不久，便将他们悉数杀死，那些狼肉早已化作粪肥，蚕丛自然无法还回。

多桑见蚕丛没有言语，他环视众狼一眼，见大家已无斗志，便说："这事没完，我们还会回来！"

他一声嚎叫，众狼都随他而去。多桑临走前，眼角余光扫了蜀安一眼，蜀安只觉一颤，他虽然年龄尚小，但也知道多桑对自己充满了恨意。

岷尚见蜀安有些不安，心里感激他救了自己，遂上前抚摸着他的头说："这次多亏了你——"

十五、犬错

世上最难面对的不是仇恨，而是感情。

蚕丛也知道蜀安对多桑怀有一种特殊的感情。蜀安毕竟是熊猫，他与人类不一样。人类在婴儿时代即使受过恩惠，但那时没有记忆，随着年龄的增长也就将这种恩惠淡忘了。当然这并不能说人类不懂得感恩，因为婴儿本身没有记忆，长大后自然不记得婴儿时代的事情。蜀安却不同，他虽然不完全记得婴儿时代捣奴曾经给他喂过奶，但作为熊猫他有一种天然的敏感，他很想与捣奴亲近，甚至亲近所有的狼，他忘不了狼身上天然存在的气息。再说他是熊猫中的自闭症者，这种自闭症使他在幼小时代具有一种刻板记忆，他坚信捣奴与他有着一种非同寻常的关系。至于多桑与捣奴想杀死他，在他经历中仅是短暂的一瞬，他反而忘却了。这种感恩之心一直困扰着蜀安，尤其是多桑临走前朝他的那带有极度恨意的一瞥，使得蜀安内心激荡不已，他不知道自己做得是否正确。这种复杂的心情使其更加自闭。于是有相当长的一段时间，蜀安对谁都不理不睬，他总习惯于静静地仰望着天空出神，仿佛他真是来自星星，他正在寻找那颗属于自己的"星球"。

为了让蜀安摆脱阴影，蚕丛曾想方设法让蜀安多与不同的人群接触，可是蜀安时常在人群里面发愣。而那时生产力低下，人类不得不从事艰辛劳动，蚕丛自从称王后也更是忙得不可开交，他们对蜀安的照顾也就显得心有余而力不足了。

蚕丛想将蜀安交与岷尚，但鉴于先前岷尚的"拉帮结派"，他最终放弃了。后来蚕丛想到了金鹤，蜀安有相当长一段时间都喜欢跑到金鹤那里去玩，便决定将蜀安交与金鹤。但是金鹤将头摇得像拨浪鼓，他知道蜀安当过"内奸"，曾任由狼族偷走山羊，担心他会旧病复发，说啥也不乐意。

如此一来，蜀安反倒显得无所事事。只是有一桩事让蚕丛倍感欣慰——蚕丛称王后仍未忘记教导小孩操练功夫，蜀安只要一参加操练，精神就来了，进步极快。这也是自闭症者之所长，他们可以专注于某一件事情，务求尽善尽美。

这日清晨，孩子们操练完毕，蜀安仍然陶醉在功夫之中。蚕丛也不打扰，径直处理政务去了。蜀安并未注意到众人已经离去，他双爪舞得呼呼风起，树木被震得烈烈作响。这时，捣奴悄无声息地来到了他的跟前。蜀安全然没有注意到捣奴的到来，他在继续挥舞着，双爪忽然猛地向捣奴击了过来。

捣奴一声惊呼，急忙后退。蜀安这才醒悟过来，见是捣奴，顿时讷讷地说不出话来。捣奴的屁股最后撞在树干上，这才勉强停顿下来。她见蜀安一副呆模样，全然不似前些日子那样精神，反似回到了婴儿时代，便也怔住了。捣奴实在想不明白，这样一个"傻子"居然可以打败凶狠的狼族！

蜀安与捣奴彼此对视着，谁也没有言语——其实在捣奴看来，蜀安仿佛是在视自己不存在。良久，捣奴转身就走。蜀安这才醒悟过来，默默地跟在了捣奴的身后。捣奴听到脚步声，只略一侧头，便看到了跟在身后的蜀安。捣奴于是加快了脚步，蜀安便也快步跟了过去。

他们很快就来到了峡谷地带，捣奴忽然转过身来，蜀安便也怔怔地盯着捣奴。捣奴见蜀安始终没有和自己打招呼，全然不似狼孩子那样对自己"妈妈、妈妈"地叫个不停。捣奴愤声说："你走吧！"

蜀安说："我——"

其实人类本来已经差不多让蜀安摆脱了困惑，可是多桑败走前的那一瞥，蜀安的内心防线再次崩溃——他毕竟没有经历过敌我之间的尔虞我诈，内心仍是一片纯真质朴。他想起了多桑夫妇对他的"恩"，视他为"亲人"，可是自己呢，一再破坏他们的计划。蚕丛诚然对自己很好，可是他是否"别有用心"呢？自己究竟该何去何从？

其实这也不能完全怪蜀安。在夏末商初,熊猫以吃肉为主，其成长期为三年，蜀安才仅一岁多，洞哥比他大两岁，初见蜀安时也还只是一个熊猫孩子，连洞哥那时都无法摆脱孩子的顽皮，又怎能苛求一个仅一岁的自闭症熊猫呢？但在另一方面，蜀安的自闭症让他专注于练习武功，加之有人类的食膳作补充，单就体格而言，他快要接近半大熊猫的个头了。

捣奴见蜀安讷讷地说不出话来，暗想他再勇猛，也不过是一个傻子，必须尽快解决。蜀安全然没有注意到捣奴的脸色，他只是不安地低头盯着地面。

捣奴不再犹豫，说："走吧。"

这次他们见面，捣奴接连说了两次"走吧"。只不过第一次说的"你走吧"是对蜀安"忘恩"的愤怒，而第二次说的"走吧"则是叫蜀安跟着她走。捣奴继续往峡谷里面走去，这里面已经是狼的地界了。在此之前，蜀安或许会有所警觉，此时他内心的困惑让他彻底丧失了必要的警觉性。捣奴走得很慢，她的内心同样很矛盾，狼族就只是在利用蜀安啊，狼族自称高贵的物种，利用这样一个傻子又似乎显得有些胜之不武。可是不这样做，又怎能解决像人类这样的敌人呢？

也不知过了多久，捣奴与蜀安来到了山涧里的瀑布前，倾泻而下的瀑布也并没有震醒处于混沌状态的蜀安。捣奴再次停住脚步，转过身来。蜀安便也停住脚步，不解地盯着捣奴。

正在这时，7头成年狼悄悄地出现在了蜀安的身后，将他的后路给堵住了。一头身形高大的公狼则从瀑布后面跃了出来,他甩了甩头,身上的水珠便似弹子一般弹射开来。正是犬错,那只被蜀安打败的公狼。

上次,犬错的嚎叫声曾经引来蜀安,最后让多桑的计划功亏一篑。回去后,多桑便要借机处死这个王位威胁者。犬错自知理亏,只好向狼王后捣奴求情。在多桑被金猇关押那阵,犬错曾想称王,捣奴深知关系重大,与他巧妙周旋,甚至不惜牺牲色相,犬错才最终没有称王。但犬错称王的野心并没有改变,多桑何尝不知道这一点呢?只是狼族是一个团结的族群,在生存环境恶劣的情况下,多桑没有理由处死这样一只时刻在心里想着犯上的公狼。犬错破坏了多桑的计划,无疑是自撞火山口,多桑便想借机下手。但他忽略了一个问题,犬错与捣奴做过露水夫妻,正所谓一日夫妻百日恩,捣奴想为犬错求情,只不过她的求情方式有些不露声色,那就是让犬错将功赎罪,消灭蜀安。如此一来,多桑便暂时放过了犬错。捣奴便再次将蜀安引进峡谷,而犬错与他的同党则在里面设下了埋伏。

犬错现身后,捣奴继续往山谷里面跑去,她实在担心自己硬不起心肠,到头来会为蜀安求情。蜀安有些迟疑地、慢慢地跟了过来,他身后的那7头狼便也慢慢地挪动着脚步跟了过来。犬错嚎叫一声，蜀安身后的那七头狼便也跟着应答。

蜀安停止了脚步，略一侧身，依峭壁而立，以防身后之狼攻己不备。双方开始僵持着，犬错愤怒地瞪着蜀安，而挡着蜀安退路的那7头狼忽然就地而坐，开始假装睡觉。

对于英雄来说，在危险面前总是变得超乎寻常的冷静。尽管蜀安有着天生的自闭症，但他对临阵对敌同样有着天然的敏感。蜀安终于冷静下来，他开始在心里盘算：若是攻击那7头睡觉的狼，并没有一击成功的把握，而犬错必然从背后杀过来。若是向犬错进攻，此时犬错防范甚紧，一时半会未必能够取胜，而且越是进入峡谷，越是危险。

蜀安权衡再三，他也知道没有多余的时间来思考，更说不定会有更多的狼朝这里涌来——此时他终于在内心消除了幻想，他知道捣奴绝不会对自己施救。

蜀安忽然呈雷霆之势，猛地奔向犬错，挥掌朝他击了过去。犬错一直在盯着蜀安的一举一动，就连蜀安的细微动作也没能逃过他的眼睛。可惜他还是失算了——他做梦都没有想到蜀安的速度！实在太快了！蜀安的动作较数日之前更快，一则蜀安的功夫日渐增长，二则此时为性命攸关的紧要关头，蜀安自是使出了全力。

犬错眼见蜀安在行动，便也猛地朝蜀安扑过来，试图一口咬断蜀安的胳膊，但是蜀安的手掌已经击在了犬错的头上。犬错只觉眼前一花，站立不稳。

蜀安身后的那7头狼一直在等待机会，他们没有料到蜀安居然敢先行动手，连忙一起扑向蜀安。但两者之间还相差一段距离，他们的速度较蜀安要慢许多，等他们跑到蜀安身后时，蜀安的第三掌已经击在了犬错的身上。其实每一掌都需要运足所有的劲力，也就是说需要一定的时间缓冲，蜀安的第一掌可谓准备充分，自是打得犬错晕头转向，而第二、第三掌则显得逊色多了。但是犬错受第一掌时便已给打懵了头，等第三掌击在他身上时，他彻底倒了下去，掉落在瀑布前面的水潭之中。

那7头狼见状，便又迟疑着不敢上前。蜀安知道犬错是这8头狼之首，首狼既挫，其余狼必然心悸。但他担心会有更多的狼跑出来，便暗暗调匀气息，慢慢地反朝那7头狼走过去。这便是熊猫的应敌技巧，快如闪电，但又懂得以静制动。蜀安虽然没有机会领略到熊猫部落的对敌方式，但他先天性地继承了这一法子。

终于，蜀安调匀了气息，他忽然冲向那7头狼。7头狼一怔，后退几步，忽然朝蜀安奔过来。他们一向唯犬错马首是瞻，犬错生死未卜，他们若是逃走，今后只怕会在狼族之中抬不起头来。他们必须战斗!

蜀安终于挤进了狼群,他瞅准目标,挥掌直击。一旦身后风响,便又巧妙地躲避开来。此时的蜀安个头不大,与狼对敌时反而成为优势,既可以跃起击向敌人,又便于在敌人的缝隙里游走。

不多时,众狼纷纷受伤。蜀安知道人类也吃狼肉,他抓起一只垂死的狼,便往峡谷外面跑去。

正在这时,又一声嚎叫从峡谷深处响起。那声音再也熟悉不过,正是捣奴发出来的。其实捣奴并没有走多远,她伏在里面观看蜀安与犬错之间的战斗。她没料到蜀安胜了,遂嚎叫着冲向蜀安。蜀安不愿与她交手,连忙将抓住的那头狼扔向捣奴。捣奴连忙伸爪接住。等她放下那头狼时,蜀安已经走出了老远。

十六、暴风

狼尽管很凶残，但也绝对是世上最有情义的生物。

捣奴身为狼王后，自始至终都在维护着狼王多桑的权威和利益，甚至在多桑被关押期间，她不得已委身于狼王竞争者犬错。而当多桑欲处死犬错时，她又有些心软，设法让犬错将功赎罪——虽然她不会再与犬错行那苟且之事，但却有着一种不可名状的感情。而对蜀安，她同样充满着矛盾，既有想利用他的一面，同时又有怜爱他、视他为子的一面。

特别是当蜀安将狼下属抛给捣奴时，捣奴对蜀安的感情更是溢于言表，她都几乎快要叫住蜀安了。可是她不能，因为这里是狼的地盘，蜀安是整个狼族的敌人，即便是狼王后也无法改变这一事实，她得给整个狼族一个交代。好在没过多久，蜀安便又折身跑了回来，那时群狼还没有彻底缓过来，大都躺在地上直喘粗气。

蜀安是被暴风吹进来的。蜀地四周高，中间低，岷山将北风挡在了背后，因此出现暴风的情形并不多见，但是这次偏偏出现了，就在蜀安刚要走出峡谷的时候。蜀安眼见着峡谷外面树木飘摇欲断的样子，耳中也听到了呼呼风响。蜀安识得厉害，不敢贸然出去，只得退进峡谷。说也奇怪，那股暴风顺着山势而上，峡谷里面虽然也有风吹草动，但与峡谷外面简直判若两重天。

此时捣奴刚好将一沉一浮的犬错拉上岸来，她望了一眼蜀安，没有说话。蜀安却不敢去盯捣奴的眼睛，他深恐自己无法抑制住感情，毕竟他只是一个熊猫孩子，虽然他的体形已经长大。谁说孩子的感情不丰富？其实孩子同样很有感情，只不过他们的表达方式与成人不一样罢了，甚至成人善于隐藏感情，而孩子却是表露无遗。

捣奴既盼着蜀安能叫自己一声"妈妈"，但她也知道，自己三番五次欺骗蜀安，她不配当这个"妈妈"。可是蜀安既然能与人类和谐相处，又为什么不能融入狼族大家庭里来呢？他若愿意融入狼族，自己对蜀安也就不存在骗或不骗了。

正当这一狼一熊猫都各自在内心纠结着时，豆大的雨点从天空直落下来。岷山深处内陆，这样大的雨并不多见。若是金貅在此，他或许能够领悟到什么，可惜捣奴与蜀安都不是金貅，他们永远不会明白这场大雨意味着什么。

但是也没等多久，他们就明白了——山洪，可怕的山洪！金貅就是被一场山洪冲走的，那次山洪之前所降落的大雨并不如这次来得猛烈，只是时间稍长罢了。这次大雨下得甚急，时间却不长，大约一炷香的工夫便停住了。捣奴甩了甩身上的水珠，看到山涧里面的潭水开始泛黄，这时她陡然想到了可怕的山洪。要是山洪从瀑布上游倾泻而下，那将是多么可怕的灾难啊！然而蜀安呢？他没有一点儿感觉，他或许是想稍作歇息便要寻路出去。

捣奴再也按捺不住，她大声说："帮我送他们出去！"

经此大雨冲刷，众狼已渐渐醒转过来。有的身受重伤，无法行动；有的虽然受伤轻微，但也只能照顾自己。捣奴无法照顾到每一头狼，她只得求助于蜀安。

蜀安也未多想，便要过去帮着拖拉那些身受重伤的恶狼。捣奴便也俯身去拖犬错。正在这时，巨大的"轰轰"声响从山上高处传来，那声响来得甚是迅猛，一下子便击清了蜀安的头脑。他再也熟悉不过，金貅就是被这声音带走的，那次他在极度重创之下自闭症开始好转。但是在这段时间里，蜀安的自闭症加重，而这种巨大的轰轰声响又勾起了他内心深处的回忆。捣奴长居峡谷，自然对山洪非常熟悉，但她却没有蜀安的那种刻骨铭心的感觉。

蜀安见捣奴已经拉住了犬错，便大吼道："咱们快跑！"

蜀安想往山坡上攀跃而上，可是山坡峭立如壁，无处趁脚。而捣奴不明所以，拖着犬错已经走近了蜀安。蜀安说："救不了！"

捣奴仍然不明所以。这时巨大的山洪已从瀑布口倾泻而下,一大片黄色汪洋直击过来,降落的地点就在他们身边不远,一些水珠飞溅在他们身上,打得蜀安与捣奴隐隐发疼。紧接着,更多的山洪倾泻而下,蜀安与捣奴便立即置身于山洪之中。蜀安连忙奋力划水,让自己的脑袋露出水面。他回头去看捣奴,捣奴也在不远处冒出了半个头来。蜀安连忙朝捣奴游过去。

但是水虽然至柔,汇聚在陡峭的峡谷之中却变成至刚。蜀安虽然相距捣奴不远,但也足够他划好一阵子。捣奴虽然是成年狼,但她体形已不及蜀安,在山洪中相对更处劣势。也不知过了多久,一根树枝倒在了峡谷中,斜斜地往下游流去。树枝很快到了蜀安身边,他连忙抓住树枝,再在山洪中一荡,树枝另一端便缓缓地朝捣奴奔了过来。

从熊猫身上的花纹便可以看出,他们黑白相间,与太极相似,非黑即白。其实熊猫的生存方式便也有些类似于太极原理,讲究以柔克刚。蜀安三个月之后未再接受过熊猫教育,但是先天性的技能被他在困难面前不由自主地发挥了出来。他在山洪中避实就虚,巧妙地将树枝的一端递给捣奴。捣奴便也伸爪牢牢地抓住了那一端。

蜀安说:"咱们往中间聚拢。"

蜀安说着便开始试着往中间移动,但是捣奴移动甚慢。

蜀安定睛一看，却是捣奴的另一只手爪上还牢牢地抓着犬错。既然都已过了相当长的时间，犬错一直浸泡在水里，断无生还之理，蜀安便说："放了犬错，他肯定没命了。"

其实捣奴何尝不知道呢？犬错可是他的第二任丈夫！虽然为其所逼，但那种感情也绝不可能是说没就没有的。蜀安见捣奴没有放弃犬错的意思，便试探着让树枝横亘在峡谷里，那样他可以沿着树枝过去护着捣奴往高处爬。

终于，蜀安瞅准峡谷边上的一株大树，于是奋力将树枝一荡，树枝便稳稳地横在了那里。蜀安继续朝捣奴那端游过去。但是蜀安还是低估了山洪的力量，树枝陡然被山洪和它带来的杂物从中间折断，变成两截。两截树枝又继续朝峡谷口方向奔去。

如此一来，蜀安与捣奴各执一截树枝，而且此时与先前不同。先前两人各执一端，树枝受力均匀，在山洪中甚是平衡。此时蜀安所处的位置在树枝居中位置，可以随波逐流。捣奴则仍然持着树枝的一端，另一端失去平衡，捣奴几乎拿捏不住。

蜀安却不认为是洪水的猛烈，反倒认为是捣奴的另一只手爪上还拉着犬错之故，便大声说："快放开他！"

但是捣奴不理，她咬着牙坚持着。蜀安只得放眼往下游望去，期望再次出现一根树枝，那样他可以故伎重施。一直等了许久，山洪中才有树枝出现，蜀安随即丢掉了手中的树枝，任由山洪将自己冲向前面的那截树枝。

长树枝在水中所受阻力更大。蜀安放弃树枝后，被冲走的速度更快，他很快就来到了新的树枝面前，伸前爪抓住了它。他回头去看捣奴，捣奴还在上游掉得老远，他想大声呼叫捣奴放弃抓住的树枝，但以双方的距离，加之山洪轰鸣，捣奴显然无法听到。蜀安只得试探着让树枝在峡谷边沿靠岸。慢慢地，他终于挨着了岸边，伸出另一只手爪，抓住了一棵仅可趁手的柏树。另一只手爪则小心地将水中的树枝顺靠在岸边，待捣奴来到附近时，蜀安才展开水中的树枝，将其移向捣奴。

此时捣奴已呈强弩之末，她奋力抓住了蜀安移过来的树枝。蜀安慢慢地将树枝顺着下游岸边移去。毕竟岸边水流没有山洪中间那样湍急，等捣奴与犬错接近岸边时，蜀安见那里没法上去，他就开始将树枝收拢，最后终于与捣奴聚在了一起。

蜀安知道捣奴已经奄奄一息，不敢大意，伸爪将捣奴抓住，攀树而上。熊猫善于爬树，但须四爪并行。此时蜀安得用一只爪抓住捣奴，其爬树速度自是无法与其母亲花獏相比，他费了好大的力气才上到高处。

当下蜀安与捣奴都已累得没了力气，躺在地上一动不动。这时太阳照耀下来，映得蜀安身上亮晃晃的。

蜀安到底是孩子，永远有使不完的力气。他恢复的速度较捣奴更快，便起身朝捣奴望去，只见捣奴满脸泪水，她的身边，犬错的肚子涨鼓鼓的，显然吞进了不少洪水，早已死去。

蜀安走向捣奴，捣奴将脸扭向一边。蜀安便来到捣奴面前，朝她深深一揖。其实这一揖乃是学自人类，蚕丛虽然称王，臣民对他仍不似北方那样跪拜行礼，仅是拱手作揖即可。这次蜀安便是学着蜀山氏族臣民们的礼节向捣奴行礼，自是对她尊敬无比。只是蜀安毕竟是熊猫，再怎么学人类也只能学得似是而非，样子十分滑稽，可惜捣奴没有笑的心情。

蜀安知道他与狼族不可能走在一起，这一礼或许就是永别。他的眼睛开始变得湿润，他虽然没有感受到捣奴对他的母爱，但他知道捣奴曾经哺育过他。蜀安擦拭了泪水，转身就走。

蜀安走得很慢，也不知过了多久，他才听到捣奴在说："你就不能与我们在一起么？"

蜀安一怔，心想又真能在一起么？这事蜀安自然无法想得明白，他忽然大叫一声，飞快地朝前方跑了去。

十七、菜莫

不在重创之中消沉，便在重创之中爆发。其实世上的生物在大自然面前既脆弱，又顽强，脆弱者便会日渐消沉，而那些顽强者则会爆发出超乎寻常的力量。

蜀安本来只是一个自闭症熊猫婴儿，他若只是生活在熊猫部落里，没有经受大自然的考验，或许就只是一个让其他同类嘲笑的对象。但是金貅的死，唤起了他的最原始记忆，这次捣奴对他的利用、山洪中的生死考验，使蜀安彻底成长起来。

蜀安知道，捣奴与他的恩怨根本无法解决，他既没法对一个"恶人"展示善良，也没法对一个"恩人"显示厌恶。他只能听天由命，顺其自然。唯一的办法就是不去想这件事情，他所能做到的便是在岷山之中漫无目的地奔跑，以期忘掉对方。

蜀安跑累了，便就地而眠，呼呼睡大觉，他也不担心会有其他野兽跑来袭击；跑饿了，便采摘些野果、树叶充饥，偶尔还捕捉一些小动物来吃；跑渴了，便喝一些山泉，然后再醉醺醺地发愣。

如此过了一天一夜，蜀安这才平静下来，他决定取道返回蜀山氏族。可是岷山绵亘上千里，加之他在山中奔跑了一整天，等到他想要回去的时候，他才发现了一个严重的问题——他根本不知道何处是归途。好在之前蚕丛曾经教过他识别方向的法子，蜀安遂放慢脚步，迎着太阳升起的方向前进。

如此又过了一日，蜀安来到一个山谷中，他看到有个女人坐在池塘边，正怔怔地盯着池塘里的碧水发愣。蜀安大喜，他知道只要有人，便可以回到蚕丛身边。他连忙朝那女人走过去。

女人听到脚步声，便扭过头来。紧接着，彼此都愣住了。对方居然是一个相貌端庄的中年妇女，只是长得与蜀人有所不同。当时蜀人中蚕丛长着纵目，区别明显，而其他蜀人则是一副长脸，鼻子略带鹰钩，蜀安对他们最是熟悉不过。这个女人脸形略圆，凤眼明眸，鼻子小巧，显然不是蜀人，可是她是从哪里来的呢？女人同样也觉得有些奇怪，这黑白相间的精灵，胖乎乎的，甚是可爱，是从哪里来的呢？

蜀安到底还只是一个孩子，他率先沉不住气，问道："你是谁？"

女人没想到眼前这个怪物居然会说话，转眼又想：蚕丛不也长得像怪物么？看来蜀地多精怪，遂说："我叫茱萸。你呢？"

蜀安说："我是熊猫蜀安。"

菜荑盯着蜀安良久。蜀安便也瞪着她，吐了吐舌头。菜荑忍不住微微一笑，她站起身来，竟然还赤着脚。适才她的脚浸泡在水中，现在她站在岸边，从脚上带出来的水珠便滴在了干地上。蜀安盯着她的脚，暗想好白。菜荑心想这个怪物居然也知道我的脚之美，未免有些得意。

蜀安问："你可知道蚕丛他们在哪里？"

菜荑脸色微微一变，问："你是他什么人？"

蜀安也注意到了菜荑的脸色，反问："你不是蜀人吧？"

菜荑点点头。蜀安这才恍然大悟。其实他已听人说过，北有夏人，东有巴人，而巴人使者他是见过的，只不过先前所见巴人使者是男人，现在所见之人却是女人，她难道是巴人？蜀安再细细打量，发觉菜荑虽然漂亮，但身材高挑，不比蜀人小巧玲珑，便说："你是巴人？"

菜荑又点点头。蜀安想起巴蜀之间的盐交易，便说："对了，数月前曾有巴人使者到过蜀地，他们想用同样多的盐换取更多的羊。后来不知怎么，巴人忽然中止了食盐交易，你们为什么不愿意呢？"

菜荑盯着蜀安许久。蜀安便也盯着菜荑。菜荑问："你当真不知道么？"

蜀安摇摇头："的确不知道。"

莱荑略作思索，忽然摇摇头："不可能。"

莱荑说着，转身就走。蜀安急了，忙说："站住！"

莱荑并不理会他，继续往前走。蜀安连忙冲了过去，意欲拉住莱荑。哪知当他冲到莱荑跟前，刚想伸出手爪，莱荑忽然飞了起来，轻飘飘的，便似风筝一般。

蜀安怔住，他没有想到巴人居然还会飞。蜀安知道，只有鸟儿才可以飞翔，但是鸟儿有翅膀。莱荑的翅膀在哪里呢？

莱荑并没有飞出多远，她停留在了一块大石上面，眼睛直视着前方。蜀安便来到巨石下面，往上面爬去。巨石没有趁手之物，蜀安要想爬上去十分艰难，可是不知怎么，蜀安就是想爬上去试试。

莱荑忽然反转手舞了过来，一根绳子便掉在了蜀安跟前。蜀安连忙伸爪抓住了那根绳索。莱荑的右手扬起，绳子顿时舞得老高，便似跳绳的索子那样，只不过绳子上面还有蜀安！蜀安腾空而起，很快就升在了巨石上空，他便松开了双爪，立即就掉落在了巨石上面。

蜀安来到莱荑身边，顺着她的目光望过去，顿时吓得魂飞魄散，原来下面竟是一片汪洋大海。蜀安知道，蜀山氏族就住在山脚下，他们怎么样呢？

蜀安扭头想问莱荑，莱荑忽然再次飞走。蜀安急了，忙说：

"你别走！"

菜荑未再理会蜀安，径直朝前飞去。蜀安眼看着菜荑飞远，忍不住大喊起来："大王！"

山谷里面便也传出"大王"的回声。蜀安接连叫了好几声，便跳下巨石，折身往回走。当他路过池塘边时，发现岸上居然有白色颗粒。那些白色颗粒极其细微，但是蜀安是孩子心性，他忍不住捡了数粒，放进嘴中，居然感觉极咸。蜀安顿时明白了，这些白色颗粒竟然是盐。蜀安顿时欣喜若狂，他知道蜀山氏族所焦虑的事情就是缺盐，他很想立即将这个消息告诉给蚕丛。可一想到蚕丛，他的心便又开始下沉：蚕丛现在怎么样呢？他们会不会被大水淹没？

蜀安细细地辨别山下的景色，山下当然不会是蚕丛居住的那个地方，但多半会有其他蜀人居住。可是到处都是一片汪洋大海，蚕丛居于山脚，他们会没事么？

蜀安便又开始在山间游荡起来。他一会儿想到菜荑，暗想涨这么大的水，她是怎么来的呢？听说巴地与蜀地极其遥远，靠飞便能飞过来么？是不是每个巴人都会飞？又过了一会儿，蜀安又想到了狼族，他知道狼族居住在峡谷地带，涨这么大的水，他们会没事么？

也不知跑了多久，蜀安有些累了，便想休息。他看到这里山地狭窄，暗想：也不知是否有狼族住在这一带，看来我得小心些。蜀安于是爬上一株松树，躲进树桠中睡了过去。

次日天色微明蜀安便醒了，他觉得腹中饥渴，于是跳下松树，觅些青草啃食。待填饱肚子后，他便又开始赶路。

一直过了两日，他在路上看到有几处新鲜的骨头，似是才啃噬完毕。蜀安一惊，暗想难道自己还在狼的地盘上？不好，狼表面示好，实则狡诈无比，若是到了他们的地盘，我得多加小心。

此时蜀安对多桑夫妇一直心存芥蒂，他觉得多桑与捣奴一直在利用他，假若没有利用价值，或许就会要他性命。他自然不明白，狼其实是世上最懂得感恩的生物，你一旦有恩于他，他便是将性命交与你也行。当然，谁若是得罪了狼，那么狼肯定也会千方百计地寻找机会报仇。

在捣奴看来，她喂过奶给蜀安，严格来说应该是蜀安的恩人，可是蜀安一而再、再而三地破坏了他们狼族的行动。蜀安才是不懂得感恩的生物！

蜀安在寻找蚕丛时便试图避开那些狼，可是无论他怎么走，都没能摆脱那些新鲜的骨头。蜀安暗想：我难道将路走错了？可是前方明明是太阳升起的方向啊！

眼看着太阳西斜，蜀安心想既然没有走出狼族的地盘，那么夜晚休息时则更要小心为是，假若在树上睡觉，万一夜晚掉下来咋办？

蜀安想到这里，未免有些得意。其实之前他就从未有过这些念头，一会儿想一个主意，说到底还是心智没有成熟。

蜀安决定在山崖上寻找洞穴。当他推开崖边的草丛寻找洞穴时，他再次怔住，因为他看到有人类的粪便隐藏于草丛之中。难道这些骨头是蜀山氏族留下来的？不对，蜀山氏族早已懂得用火。要不就是巴人留下来的？他们来干什么？从上次使者的态度看，极不友好，难道他们是为了争夺蜀山氏族的地盘？

想到这些，蜀安便有些着急，他更想寻到蚕丛。但是他也知道，都已找了好几天了，也不见蚕丛的身影，一时半会也未必能够找得到。

蜀安返回到路上，看到那些新鲜的骨头，暗想先前还以为是狼族留下来的。一想到狼，他又想到了狼曾让他充当细作。对了，我何不真当一次细作呢？我完全可以混进巴人中，打探他们前来蜀地的目的。

蜀安顿时心头豁然开朗，索性循着新鲜的肉骨头找去。一直到了第二天上午，他才在山谷里找到了人类。蜀安一眼看到他们，不觉大喜过望，原来那些人不是巴人，而是蜀人！

十八、争执

人类若是止步不前，定是因为守旧。但是要想打破传统思维，也需要付出极大的代价。

蚕丛初任首领那阵，蜀山氏族的农业已经取得了极大发展，那时他们仍然居于岷山之上，既有修房构屋的，又有以洞穴为家的，即还没有彻底脱离"穴居人"时代，但无论采取何种居住方式，他们都得提防野兽的侵袭。蚕丛于是将蜀山氏族迁徙至岷江流域的河谷地带，这也更加促进了农业的发展，而且还相对远离了狼族的滋扰。但是他们几乎每年都要对付洪水。岷江在岷山一带水流湍急，一到夏天便泛滥成灾。好在利大于弊，整个氏族倒也对迁居河谷地带之事认可了。

可是这年秋天，他们没有想到山洪会来得如此迅猛。这次山洪简直比岷山上的恶狼还要厉害，几乎带走了人类的包括家畜在内的全部家当，而且还冲走了不少村民。

等蚕丛将众人带上山时，他与臣民们产生了严重的分歧，大家也不管蚕丛早已当王，拥有制定法律的权力，他们纷纷责怪蚕丛逆天行事。岷尚更是说话不冷不热，希望蚕丛退位让贤，而这个"贤"自然非他莫属了。

蚕丛坚信从山上移居河谷没有错，他们需要做的事情乃是如何治理洪水。岷尚不相信洪水能够治好,毕竟大自然无常,不比狼族有规律可循。其实那时没有历法,蜀人只知寒暑易节,却不知道降雨也有季节性。

当下君臣之间吵得十分厉害,刚好这时蜀安出现在了众人面前。众人在洪水来临之际,都自顾不暇地忙着转移财产,只有蚕丛寻找蜀安,久寻不着,只好作罢。他们转至山上后,先还以为蜀安已被洪水冲走,却没想到蜀安居然又出现在了他们面前。

蚕丛见到蜀安,立即喜形于色,但旋即恢复了忧心忡忡。其实经此数日,洪水早已消退,蚕丛劝众人下山,众人非但不从,反而逼其让位。蜀安回来又能怎样?

蜀安却不知道这些情况,他嘴里直说:"终于找到你们了,太好了。"

岷尚勉强一笑,问:"你去了哪里?"

蜀安说:"说来话长,我差点被山洪给冲走。"

他说到这里便突然住口,原来他心想自己曾救捣奴上岸。狼族与人类是敌人,自己这样做岂非是对人类的背叛?

好在大家无心理会蜀安的话,没有深问,蜀安这才稍安。但此时他的自闭症状已有好转,便不觉话也多了起来。他又说:"我还以为你们是巴人呢。"

只这一句话，大家便又将目光齐刷刷地移向了他。蜀安被众人盯得有些不安，遂说："一路上有许多生肉骨头，我还以为遇到了巴人。"

众人这才恍然大悟。其实这些骨头正是蜀山氏族留下来的——此时蜀人早已摆脱了茹毛饮血的日子，他们学会了用火。当时还处在木钻时刻，即用燧木取火，他们选取硬且尖的木柴，在另一块干燥的木柴上面用力钻，然后取得火种。这种取火方法很不容易，最主要的方式还是保留火种在家。没想到这次急降而来的大雨带来了洪水，众人还没来得及带走火种便上了山。

他们爬上山后，需要补充食物。这才知道忘记带走火种，而岷山又刚遇降雨，木柴很湿，无法钻木取火，只好生吃肉类。蜀安看到的那些肉骨头，便是蜀人留下来的。

可是菜羹就是巴人呀！她是怎么来的呢？她又去了哪里？蜀安无法知道，也不好问众人。

众人眼下最关心的问题则是究竟住在山上还是返回山下。岷尚心想熊猫一向生活在半山坡，料来蜀安也喜欢住在山上，便忍不住问："蜀安，你觉得住山上好还是住山下好？"

别人都不解其用意，但蚕丛很快就意识到了，他想阻止蜀安回答。谁知蜀安却说："不管住哪里，只要大王住哪里，我便跟到哪里。"

岷尚好生失望。蚕丛当下大喜说:"你既然要听蜀安拿主意,现在蜀安可是说好了,他要随我回山下。"

岷尚一窒,半晌说:"可他也并没有说非得住山下呀。"

蚕丛说:"你想过没有,以前咱们爬坡上坎,过的是什么日子?这些年住在山下,是何等的方便!咱们干嘛非要留在山上受罪?"

岷尚说:"既然熊猫与狼族都可以住在山上,我们为什么不能住呢?"

众人也纷纷称是,说:"住在山下简直太恐怖了,我们宁愿与狼共舞,也不愿意时刻担心会被洪水冲走。"

蚕丛说:"其实洪水也有规律,天热的时候便容易上涨。热去水息,咱们只要加以防范就行。"

金鹤说:"洪水来了,我们能把东西全部搬走么?而住在山上,即使有狼,咱们只要与他们动手,最终还能够保住。"

蚕丛说:"再说山上同样会有灾害,万一遇有地震,山上泥石滚落,还不是死路一条?"

岷尚说:"反正一条,我们再也不会回去了。"

蚕丛扫视了众人一眼,众人都慎重地点点头,表示赞同岷尚的话。蚕丛暗想:他们既已下定决心,自是无法说服。

看来我只有带蜀安回去,待众人不适应山上生活,自然会下来。想到这里,他说:"既然各位执意要留在山上,那就暂且留下吧,我与蜀安这就回去。"

众人急了,连忙说:"不可以。"

大家虽然与蚕丛意见不合,但他们又都知道蚕丛的智慧,乐意尊他为王。岷尚本以为逐走蚕丛,他便可以当王,没想到众人并没有让他当王的意思,心头好生气恼。

蚕丛既已决心下山,众人自然无法阻拦。当下蜀安随蚕丛下山。一路上,蜀安将事情经过向蚕丛原原本本地说了,当然也包括救出捣奴之事。蚕丛听罢,不免忧虑再起,暗想巴人原来还会飞,那是何等的厉害!他们会不会侵犯蜀地呢?

其实蚕丛知道自然界存在着弱肉强食的法则,巴人已由禀君统一,兴许下一步就要西进用兵。

蜀安以为蚕丛不满自己救了捣奴,有些不安,说:"捣奴毕竟于我有恩……"

蚕丛侧身看了蜀安一眼,说:"我知道你对捣奴心存感激,我并未怪你。"

蜀安这才心安,暗想到底是大王,宽宏大量,不比岷尚,小肚鸡肠。他心头这样想着,便盼望着众人能够下山,以免蚕丛当真成为"孤家寡人"。

此时河谷上的淤泥渐干，蜀山氏族的家园虽然遭遇洪水，但此次洪水来去匆匆，而且平地上的洪水相对蜀安经历的峡谷较缓，破坏也并非是毁灭性的，只是需要一番清洗。蚕丛与蜀安回到家后，便着手打扫。又经数日，王宫便恢复了整洁，而更可喜的是，一些家畜也陆续回来了。

原来那日洪水来势凶猛，众人无法迁走全部家畜，只得将圈门打开，任由它们逃走。洪水到来后，虽有家畜因没来得及逃走而被洪水带走，但也有家畜逃到山上避灾。洪水过后，家畜们因逃离樊笼而不愿意回来。但是过了几日，山上野兽如狼族、黄鼠狼、狐狸等都在扑食它们。它们自然想到了以前圈养的日子，遂自发地跑了回来。

再说金鹤见蚕丛当真在山下住了下来，按捺不住好奇心，不顾岷尚反对，毅然跑下山来。金鹤见家畜都已归位，便跑来向蚕丛请罪，表示愿意回家居住。

蚕丛大喜，哪还愿意定人家的罪呢？他让金鹤上山劝说众人回来居住。如此又过了一段日子，大家也都陆续搬下山来。岷尚原想要坚持到底，但见众人都已离开，他的妻子儿女也在不停地抱怨他。岷尚无奈，最后也搬了下来。

只是有一件事情让他们感到苦恼，原来洪水冲走了不少东西，其中就有食盐，盐遇水即化。而人类又离不开盐，数日不吃盐,便感觉浑身没劲。若是到北方及东方交易,也需要花费数月工夫。

蜀安想起遇见菜羹那日发现的盐,便向蚕丛说了。蚕丛大喜,亲自率人与蜀安一道去岷山找盐。

蜀安并不完全识得方向,他带着蚕丛等人在岷山之中转了许久,最后才来到菜羹曾经待过的那个地方。众人果然看到地面上还留有一些细微的盐颗粒,只是太少。但这也难不住蚕丛,他率人掘地,满心指望能够在地下找到盐源。但是挖了许久,也没有发现有盐的迹象。

蜀安见众人白跑了一趟,有些不安,他来到池塘边,怔怔地望着塘水出神。只见塘水呈碧绿色,显得十分宁静。看了一会儿,蜀安蹲下身子,伸爪捧水来喝。谁知水刚进入口中,他便忍不住复又吐进了池塘之中。真是太咸了!

蜀安刚吐完水,便立即高兴起来,大声说:"盐在这里!"

蚕丛等人连忙放下锄头,跑了过来。蜀安指指池塘,众人都不解其意。蜀安说:"池塘里的水都是咸的。"

蚕丛一怔,便跑到低洼处,用手掬水一喝,果然觉得塘水非常咸。

十九、巴人

长期困扰蜀山氏族的不只是与狼族作斗争,还有人体的必需品——食盐。当时岷山一带并不产盐,最初他们也习惯于过着没有盐吃的日子,但是整个氏族发展极其缓慢。后来他们与巴人交易,吃到了盐,人口开始增多,其结果也自然离不开盐。蜀山氏族所食之盐主要来自巫咸氏族,据巫咸氏族说,那些食盐来自东方海洋之中,生产极其艰辛。后来禀君抬高盐价,蚕丛还为之发愁,不得不以更多的羊去换取。没料到又过了一段时间,禀君得寸进尺,不再向蜀山氏族提供食盐,蚕丛不得不派人翻越北岭到夏王那里去换取食盐。可是北岭太过凶险,且多虎豹,少有人愿意舍身冒险。他没有想到岷山上居然也会产盐。

当下蚕丛命人到岷山的大小水池中去找盐源,但是最终令他失望了,除了那个池塘,别的地方根本不产食盐。而且岷山秋初仍然多雨,下过几场雨水之后,那个池塘中的咸味日渐变淡,这说明里面的盐卤在日渐减少,他们还是需要进口。只是这里的池塘为什么会有盐呢?唯一的解释就是蜀安是他们的福星,为他们谋得了暂时的福利。

这日,蚕丛正在为食盐问题发愁,他与众臣民一道商量对策。大家无一例外觉得应该与巫咸氏族搞好关系，毕竟翻越北岭太过危险，而且夏王朝发生了奴隶起义，正在打仗。有人建议接受巫咸氏族的苛刻条件，也有人觉得蚕丛应该前往巴国与禀君坐下来谈判，更有人建议通过武力来夺取。

若是接受巫咸氏族的条件，那么蜀山氏族必将付出更大的代价，毕竟那时的生存本来就极为不易。而与禀君谈判呢？人家占有绝对优势，怎会为你几句话便放弃？用武力夺取更不现实，岷山距离巫山也不知有多远，派人前往单是供给也未必能够保证，再者男丁走后，蜀地人空，又怎能对付那些凶猛的野兽？

不料他们尚未争出一个结果，这时金鹤风风火火地跑进大殿，他急急忙忙地说："不好了，大王。有人来打我们了。"

众人都大吃一惊。其时蚕丛已经统一了蜀地所有部落，他们知道的外族人口就只有北方的夏王朝与东方的巴人。夏王朝与蜀地有北岭相隔，大批的蜀人无法过去，大批的夏人自然也无法过来，来人肯定不是夏王派来的。而剩下的只有巴人，蚕丛适才还觉得用兵不现实，他们怎么可能反派兵过来呢？

蚕丛忙问个究竟，但是金鹤也说不出一个所以然来。他负责管理牛羊，看到有许多人带着武器自东边而来。蚕丛知道来人定是巫咸氏族无疑，只得临时组织众人拿起武器迎敌。

自蚕丛统一各部落后，蜀人再也没有打过仗，他们的武器主要是用来对付凶猛野兽，尤其是对付狼族。而狼族侵犯人类的次数也不是很多，故众男丁相对分散，严格来说还不能算是军队。这次外敌入侵，蚕丛一面亲自前往迎敌，一面吩咐岷尚通知众男丁赶过来救援。

来敌很快便已来到了蜀山氏族地界，他们排阵井然有序，甚至还有兽皮当作旗帜，这与蜀山氏族之前的松散式作战完全不同。蚕丛带着众人赶到那里，双方分阵站定。蚕丛厉声问："来者何人？"

只见从来敌阵营中走出一个身材高大的将领，他手执铜矛，大声说："我乃巴王禀君麾下巫托是也。我们好意贩盐与你，没想到你们滥杀巴人使者，甚是可恶，大王特让我等前来问罪。"

一席话直听得蚕丛如坠云里雾里。那日巴人使者前来蜀地，蚕丛本来在与他谈论盐价过高，没料到蜀安生气出走，蚕丛丢下使者急着追回蜀安。事后等他赶回王宫，金鹤却说使者不辞而别。使者怎么可能被杀呢？

蚕丛连忙扭头询问金鹤。金鹤说："没有的事，使者当时怒气冲冲，不辞而别。我苦劝不住，只好作罢。"

蚕丛遂对巫托说:"看来其中定有误会,还望你们回去禀告大王,蜀人对使者可是欢迎还来不及,断不会将其滥杀。"

巫托说:"休要狡辩,你们滥杀我国使者,岂可一两句话便能打发!"

他将手中的兽皮旗一挥,众巴人便要朝蚕丛冲过来。此时蚕丛一方人数甚少,大批人马尚未赶到。而且从双方体型比较,除蚕丛外,其余蜀人个头都较巴人要矮,这在体力上也处于劣势。蜀安一见形势不对,连忙闪身出来,大声说:"休要无礼,我们尊你远来是客,还望好说好商量。"

巫托见蜀安长相特异,顿时一惊,但他仗着人多势众,很快就镇定自若,大声说:"杀呀!"

蜀安连忙冲向巫托。众巴人见了,都集结在他身边,将蜀安挡在外面。蜀安也不管那么多,挥掌朝众巴人身上打过去。众巴人忙举兵器抵挡。蜀安力大,将巴人打得东倒西歪。巫托见了,连忙后退。但是蜀安很快就赶到他身边,正要伸爪去抓。这时只听到一个女人在尖声说:"那蜀安快住手!你还要不要你们大王?"

蜀安在人群中看不到究竟发生了什么事情,急中生智,猛地跃在了一个巴人的肩头,回望蜀人阵营。只见一个女人手执铜剑,将蚕丛抓在了手中。蜀安没想到蜀人一下子便被他们控制住了，他更没有想到那个女人居然十分熟悉，正是菜蓂。其实这也不难理解，菜蓂会飞，更兴许还有其他法力在身，捉拿蚕丛自是轻而易举之事。

蜀安顿时急得大叫起来："万万不可，还望放了大王。"

这时他身下的巴人略一弯腰，蜀安便摔倒在地。众巴人纷纷将兵器朝蜀安身上打过来。蜀安将身一滚，躲开了兵器。蜀安顾不得去抓巫托，反向奔往蚕丛身边。

菜蓂抓起蚕丛飞身而起，朝巴人阵营飞了过来。刚好这时岷尚带人赶到。岷尚虽然觊觎王位，但也不愿意蜀王落于敌手，觉得那样必然士气低落。他大声说："快快放下大王，咱们好说好商量。"

菜蓂抓着蚕丛在一片蒿草丛里降落下来，她早已远离蜀山阵营。巫托说："要放你们大王也可以，但是我们沿途劳累，你们得赔偿我们损失。"

岷尚犹豫地盯了众人一眼，说："这——"

菜蓂瞪着蚕丛说："你们赔还是不赔？"

蚕丛厉声说："本王一向东征西讨，带领蜀山氏族过上幸福生活，还没怕过谁来！要杀要剐随你们！"蚕丛复大声说："岷尚，传我命令，我若身死，你就是蜀山氏族的大王，要继续与巴人战斗到底！"

此话正中岷尚下怀，他回头看了众蜀人一眼。其实岷尚过去最擅长笼络人心，而蚕丛讲究一视同仁，故在危难时刻，岷尚有帮手，而蚕丛反倒缺少追随者。但是自从蚕丛称王后，大家坚信大王是上天派来的使者，便都臣服于蚕丛。此时岷尚抬眼观看众人，众人的目光不敢与他对接，显然不乐意让他借机称王。

岷尚便也渐渐冷静下来，心想眼前的大王可不那么好当，巴人还在虎视着呢！他于是大声回答："大王何出此言？我将竭力救你回来！"

其实投鼠忌器，此情此景，岷尚万不应如此说话，以防巴人撕票，但他还是说了出来。而巴人也并不是真想要蚕丛的命，他们此行的目的只是为了夺得蜀人财产。巫托说："这样吧，你们只要愿意答应条件，我们就同意放人。"

岷尚问："什么条件？"

巫托说："羊 1000 头，牛 500 头，鸡、鸭、兔各 5000 只。"

这一数目放在现在或许不多，但在当时，蜀人总人口尚不足万，这么大的数量他们无论如何也拿不出来。岷尚顿时犯起愁来："我们哪有那么多啊？"

巫托说："若是没有，就让蚕丛随我们回去。等你们凑够了数量，我们就将他归还于你们。"

再说蜀安一直在听双方谈判,他打内心感激蚕丛救助了他,便想方设法解救人家。他虽然速度极快,但却不如菜羹还会飞翔,而且菜羹能够一下子抓住蚕丛,说明她的力量较蚕丛要大许多,蚕丛可是蜀人中的大力士啊!

蜀安目光一扫,刚好看到身前有块晶莹的半大石头。他想也不想,忽然伸爪抓起那块石头,猛地朝菜羹掷了过去。那石头顿时给震得猎猎作响,划空而至。菜羹连忙躲闪,只见那块石头刚好打在她适才站立的地方。那里有一块陷入泥土中的大石,两石相碰,顿时撞出三尺来高的火花。火花遇到干枯的蒿草,立即燃烧起来。

巴人大惊,忽然全部跪倒在地,朝大火拜了起来。原来蜀安拾起的那块石头乃是燧石,可以击打取火。而在此之前,巴人、蜀人都钻木取火,巴人没有想到石头居然可以冒火,他们一向信奉巫术,而蜀安长相奇特,又力大无穷,他们以为蜀安也像菜羹那样,具有法力。此时便连菜羹也是惊呆了,她没有想到蜀安居然还有这等本领。

蜀安趁她愣神之际,几个跳跃来到蚕丛身边。菜羹全然忘了抓住蚕丛,任由蜀安救走。蜀安护着蚕丛,往蜀人阵营里跑来。巴人不敢相逼,只得下令后退。

蚕丛死里逃生,他见蜀安先发现盐,现在又发现火石,知道蜀安是福将。不过他不畏惧那块燧石。待巴人退后,他就跑过去捡起燧石,反复把玩。蚕丛始终看不出燧石的究竟,但将其往硬石上一撞,便会冒出火星。

岷尚见了,暗想蚕丛定有神佑,才会出现蜀安这只熊猫来保护他,他的异心便又收敛了许多。

二十、夜探

蚕丛率众回到城里，之前他曾听蜀安说过，菜萁善飞，他先还以为巴人个个能飞，如今看来也只有菜萁一人。这正如蜀山氏族也只有熊猫蜀安能够超乎常人。

蚕丛暗想：巴人显然志在掠取财物，他们有精兵良将，也不知有何打算，不如派人刺探一下军情。他于是召集群臣商议。蜀安听后便说："大王且请宽心，由我前往打探一下情况。"

这话正合蚕丛之意，他知道蜀安虽然偶有发痴，但擅长以非常之法解决非常之事，反比受条条框框限制的人类更能解决问题。他当即吩咐蜀安多加小心。岷尚见蜀安身上黑白相间，认为白色条纹在夜晚容易被人发现，不如用锅灰遮掩。蚕丛深以为然，蜀安于是在草木灰中打了几个滚，直到身上看不到白毛，这才向巴营出发。

最初巴人分为5个部落，禀君属于巫咸氏族，统一了其余四个部落，登基改称巴王。五个部落因血缘和信仰不同，斗争十分激烈，所以军队经历了严格的战争考验。而蜀山氏族血缘和信仰相对单一，蚕丛统一过程中并不十分费力，他教化农桑赢得了大家的信任，大家便自然而然地归顺于他。

如此一来，他们行军打仗相对巴人来说则成了外行。

蜀安赶到巴人军营时，便也切实感受到了两支军队的不同。但蜀安天生就有一种能征善战的本领，他小心地躲开巴人暗哨，来到巴人营帐深处。只见营帐里面燃烧着巨大的松枝，巫托与茱萸，还有一些主要将领都席地而坐，争论十分激烈。茱萸力主撤兵，而巫托则坚持要降服蜀山氏族。

首战之后，巫托作了反思，他觉得失败的根源在于轻敌，以蜀军的实力肯定不敌巴人。茱萸却认为天佑蜀人，石头居然也能生火。俗话说，巴人半楚，巴人生活在巫山一带，与生活在楚地的炎帝部落时有来往，早在千年之前，炎帝与黄帝作战后便日渐与北方同化，而巴人又被楚地习俗同化，相对北方的夏王朝有些似是而非。巴人知道北方燧人氏发明有火种，使人类将生食变成熟食，传闻燧人氏曾经遗留下一块生火的宝石，下午蜀安摔石生火用的极有可能便是燧人氏留下来的那块宝石。那时人类十分迷信，他们便联想到了燧人氏在帮助蜀山氏族。既然神佑蜀人，茱萸便希望退兵。

巫托却觉得从巫山带兵来此，十分不易，必须取得一部分财产。茱萸提出以盐换取财产。巫托又认为盐类可以助蜀人发展壮大，不利于巴人，他想无偿得到蜀人的财物。

蜀安暗想：说到底还是为了掠夺财物。他想起先前多桑

146

所言，说是人类贪得无厌，大肆猎杀四脚生物。后来他见蚕丛所作所为，发觉人类并不像多桑形容的那样贪婪，如今巫托之言，则又印证了以前多桑的话。看来人类的确贪婪无比！

这时营帐外面有人巡逻走了过来，蜀安连忙闪身躲避，谁知"当"的一声，他不小心碰倒一支长矛。里面众人也听到了声音，巫托便大喝一声："是谁？"

巡逻之人立即朝蜀安跑过来。蜀安不愿暴露身份，拔腿便跑。众巴人顿时大喊大叫起来，纷纷叫嚷着"抓刺客"。蜀安连忙折身往山上跑去，心想山高林密，容易摆脱敌人。别看巴人孔武有力，但在蜀安面前便似婴儿。蜀安很快就摆脱了众人，他来到一株大树下稍作歇息，便想寻路返回蜀营去找蚕丛。

蜀安站起身来，这时他借着月光，看到地上有一个长长的影子，那影子不像是树木，也绝对不会是野兽。想不到还是有人跟来。蜀安只得硬着头皮说："谁？"

只听得"咯咯"的娇笑声响起。蜀安一怔，便知菜荑跟了过来。也只有菜荑才跟踪得了他！

蜀安连忙摆开架式，准备迎敌。这时菜荑闪身走了出来。蜀安挥掌朝她击了过去。菜荑将衣袖一挥，蜀安的手掌便从斜刺里劈了开去，菜荑竟将他的掌风化解掉了。蜀安连忙就势一滚,爬了起来,回身再次向荥蕻击去一掌。荥蕻仍是先前那招,将其掌法化解。其实从他们的招数来看,蜀安是以柔克刚,荥蕻则是四两拨千斤,两者倒有异曲同工之妙。

蜀安见无法降服荥蕻,遂说:"咱们蜀地与巴地相距甚远,大可各自安居乐业,你们何故要来侵犯蜀地?"

荥蕻说:"弱肉强食,向来如此。"

这话蚕丛也曾对蜀安说过,蚕丛认为人类与四脚生物相互争食,而巴人也是人类啊,他们怎能像四脚生物那样呢?蜀安当下说:"只要有我在,你们就休想得逞!"

别看蜀安才一岁多,但他先天机缘,心理上快赶上成年熊猫了,说话既有孩子般的意气,又有成年人那样的坚定。

荥蕻说:"你自信打得过我么?"

蜀安说:"打不过,也要打!"

荥蕻点点头:"说得好!"

蜀安再次挥掌朝荥蕻击了过去,这次荥蕻没再化解他的掌风,而是轻飘飘地飘到了一边。蜀安不解地盯着荥蕻。荥蕻说:"小可爱,你放心好了,我这就说服他们退兵。"

蜀安有些难以置信地盯着荥蕻。荥蕻慎重地点点头。林子太暗,蜀安无法看到荥蕻的眼睛,但他已明显感觉到了荥蕻的真诚。

原来柔㛶不是别人，正是禀君的妻子。她本是盐神，奉天帝之命负责楚地一带的井盐管理。她来到人间后，见禀君长得高大威猛，心生爱慕之情。此时禀君正与巴人其他部落交战，柔㛶用法术助禀君打败了其他部落，让禀君顺利夺得王位。只是柔㛶作为盐神，只能负责井盐产出，可以控制食盐的状况。至于使用其他法术，她每使用一次，面貌便会变老十岁。柔㛶初到人间时，面貌约莫十五六岁，那次法术之后，她则变成二十五六岁的人了。

这年禀君以为蜀人杀了使者，让柔㛶西来复仇。柔㛶再次施展法术，所以那次岷山忽然风雨交加，使得蜀人背井离乡，被迫重返山上。柔㛶到底是神，神与世人的区别就在于神会悲天悯人，具有济世情怀。柔㛶被自己犯下的错误彻底震惊了，她感到不安，于是呆望着池水出神。而池塘里的水更是映出了她的相貌——她已变成了三十五六岁的中年妇女！只是她没有想到，她双足伸进池塘，里面的水受她心情影响，开始产出盐卤。所以后来蚕丛寻遍岷山，就只有那里的水是咸的。

再说柔㛶回到巫山后，竭力劝说禀君放弃贪婪。可是禀君既已统治巴人五族，日渐骄纵，根本听不进柔㛶之言。禀君先是责怪柔㛶心软，最后让巫托进兵蜀地，还让柔㛶一同前行，以防不测。柔㛶不愿意去，禀君便说用兵的目的只是让蜀国臣服，蚕丛只需赔偿羊100头，牛50头，鸡、鸭、兔各500只即可。茱萸信以为真，才同意与巫托再次来到蜀地。

白日交战，茱萸一举抓住蚕丛，目的是希望蜀国答应他们提出的条件。直到巫托所提条件全部翻了10倍，茱萸方知上当。所以在蜀安手掷燧石生火后，茱萸故意逃走，她实则有意放过了蚕丛。当夜她还与巫托等人发生争吵，坚持要就此息兵。巫托一方面惧怕茱萸是王后，担心日后遭遇报复，另一方面又害怕禀君怪他办事不力。当下双方争执难下，不料蜀安赶了过来。

茱萸借追赶蜀安之际上得山来，向他说明了情况。蜀安听完茱萸的一番话，这才恍然大悟。他当下说："我这就禀报大王，说清你的苦衷。希望你也告诉禀君，向来战无好战，蜀人既然能够与四脚生物和平相处，相信更能与不同的人类和谐相处。"

茱萸深以为然，在辞别蜀安时，她还不忘施展其固有本领，让一池水塘变成了卤水。蜀安当即谢过，回去报告蚕丛。

至次日，巴人果然退兵。原来茱萸回去后，将蜀安说得如何如何厉害。巫托也曾见过蜀安的勇猛，又见王后无心打仗，只得退兵。

蜀安立下大功，又因他手爪上长有六指，蚕丛便封他为六指战士。而蜀安的那套掌法,虽与人类掌法相似,但又有所区别,出掌便呈雷霆之势,于是将其称之为"欲雨熊掌",有"山雨欲来风满楼"之意。那时的蜀人虽然无法吟诵出这样的诗句,但他们也已经意识到了大雨欲来的感觉,遂用以形容蜀安的那套掌法。

二十一、搬迁

过了数日，蚕丛到底不敢轻信巴人，便带着蜀安前往查探巴人退兵究竟。其实巴、蜀在夏末商初时代,隔着大江大河，来往甚少。最初仅有一些巴人冒险家往西探险，才知道西边大山中住着另一族类，于是渐渐有了盐羊交易，只不过那时的交易相对公平，或者说是逐渐约定俗成。没想到禀君抬高盐价，甚至还派兵攻打蜀人，蚕丛自是不敢相信巴人会无功而返——他担心巴人会在距离蜀山氏族稍远的地方安营扎寨，然后一步一步地蚕食蜀山氏族。

巴、蜀相通的道路容易辨识，因为巴人的军队早已踩出了路的痕迹，蚕丛与蜀安只需沿着那条路往东前行即可。当他们朝南顺着岷江行进时，果然看到不时有遗弃的灶台，料想那就是巴人撤退的痕迹。这日，他们被一条大河挡住，刚好那阵子河里涨有洪水，而在当时尚未发明舟楫，人类只能用竹筏渡河，而竹筏显然不敢在如此波涛汹涌的河水中行进。

蚕丛无奈，只好作罢。这时他们刚好腹中饥渴，便决定登高寻找野果之类的食物果腹。没有道路通往小山，蜀安欲先行探路，走在了前面。忽然，他的脚被草丛里的东西叮了一下，以为是碰见了蛇、蚁之类，连忙后退几步。蜀安到底心怀好奇,他上前拨开草丛,只见草丛中有一堆骷髅,似是人骨。可是这里荒无人烟啊!

这时蚕丛也赶了过来,他看到人骨旁边还有一把长矛,是巴人的兵器,便忍不住说:"巴人使者!"

蚕丛说着拾起那把长矛,放在手中颠了颠,似是自言自语道:"没错,就是他们的。咱们找找,还有两个人。"

当下蚕丛与蜀安分头寻找。不多时,就找到了另两具骷髅,也都有兵器在旁,这定是巴人使者无疑。那次巴人使者前来蜀地传达禀君旨意,因蜀安生气出走,蚕丛不得不临时追出,没想惹得使者发怒,不辞而别,更想不到他们会曝尸山野。也难怪禀君会发怒,派兵来攻,原来其中存有误会。

蜀安说:"是谁杀了他们呢?"

蚕丛说:"杀其人而食其肉,只有狼。"

蜀安便不说话了,蚕丛知道他心里一直矛盾着,遂说:"岷山上,向来人类、熊猫与狼族三足鼎立。人类若不成群结队,不敢远行。熊猫只居岷山半山腰。只有狼族,他们居于峡谷,性喜四处猎食,说不定就是狼族截住了使者,嫁祸于我们。"

蚕丛虽未亲眼见过,倒也分析在理。以往巴人贩盐,往往是十余人结队而行,便是担心遭遇野兽。有时遇到狼族,他们甚至不得不以羊饲狼。那些狼见有收获,便放弃了对人类的攻击。这次蚕丛探寻巴军行踪，又不便多带人马，只带有蜀安前来，他自也是考虑到了防范狼族的因素。

当下他们不敢相隔太远，一前一后来到山上。他们放眼朝大河对岸望去，只见那里地域广阔，一眼望不到边。蚕丛顿时陷入了沉思，心想好一片旷野！

蜀安采摘了些野苹果，当他回到蚕丛身边时，也未见蚕丛从沉思中醒转，蜀安只得默默地守护着他。也不知过了多久，蚕丛始说："回去吧。"

蜀安说："你还没有吃东西啊。"

蚕丛这才感觉腹中饥饿，他伸手接过野苹果，啃了一口说："你也吃啊。"

蜀安有些惭愧地说："我已吃过了。"

蚕丛这才自顾自地吃起来。待他肚子稍饱，便带着蜀安寻道而回。

回到城中当晚，蚕丛便召集众臣商议："咱们得搬家。"

单单这几个字，只震得众人半响接不起话来。大家面面相觑。蚕丛便接着说："我看到，沿江南行，再折向东，有一条大江，江对岸甚是辽阔，适合人居。"

这时岷尚顺了顺嗓子，说："大王，我们从山上搬至山下还不满10年，都已经习惯了这里的生活，怎可又搬？"

蚕丛说："正所谓树挪死，人挪活。最初，咱们祖先居于洞穴，随时得防范野兽侵袭，疲惫不堪，以致人丁不兴。后来我们从山上迁至山下，狼族路途遥远，我们相对避免了危险，特别是在修筑城池之后，更是将他们挡在了外面。但是我们白天得出城干活，同样给狼族以机会。"

岷尚说："狼是不畏艰辛的四脚生物，为了目的可以不择手段，无论我们搬到何处，他们都会找上门来。"

蚕丛说："他们不擅水，大江可以把他们挡在对岸。"

岷尚仍然很犹豫。蚕丛又说："我们居于现有地方，生存环境有限，而且还有一个更可怕的隐患。"

众人都不解地盯着他。蚕丛遂侃侃而谈："我为什么要去了解巴人的退兵情况呢？我就是担心巴人会趁我们故步自封，悄悄移居到我们身边。那时我们前有巴人，后有狼族，岂不腹背受敌？"

岷尚迟疑着说："搬迁也不是不可以，只是我们动作太大，费时费力。"

蚕丛说："那次山洪之后，咱们不是还有人不愿意下山么？但事实上，在平地上总比在山上要强些。这次我相信，搬过江去总比现在要强。"

最不愿下山之人正是岷尚，如今听蚕丛提及，他不觉有些惭愧。但事实上，蚕丛却并非专指他，当时不愿下山的人还有很多，最初也只有蚕丛与蜀安下来打扫家园，之后众人才陆续跟了下来。

但是这次搬家也极为不易，因为在这 10 年间，蜀人的人口增长了约莫三分之一，而那些人还都是孩子。蚕丛统一大家思想后，便让一部分男丁造筏渡江，在新的地方修建房屋。剩余的人便开始秋收，同时还得提防狼族侵袭。说也奇怪，那段时间，再也不见狼的踪影。大家感到十分庆幸，只有蜀安心里不安，暗想那次山洪，难道已将所有的狼都冲走了么？那么捣奴怎么办呢？她到底是我的奶娘啊！我要不要接她过来与人类居住？可是他们会同意么？

好在谁也没有注意到蜀安的闷闷不乐。蚕丛也还有许多事得处理，便连训导孩子的事情也顾不上了。

至冬日，蜀山氏族才悉数搬了过去。从那以后，蜀山氏族开始进入成都平原，人口得到迅猛发展。迁居之后，蚕丛还决定，氏族逐渐向东发展，以占住阵地，避免巴人入侵。而在岷山脚下由此出现了一座空城，便引得一些狐狸、黄鼠狼等小动物跑来安家。

到了新地方后，蚕丛照常穿梭于民间访问疾苦，嘘寒问暖，深得民心。由于他性喜穿一身青衣，后来老百姓便将他巡视的那条江称为"青衣江"。以人命名的江在全国少有,足见蜀中老百姓对他的尊敬。大家甚至还视他为神,即"青神",便以此为县名,即现在四川省眉山市的青神县。

但在当时,洪水肆虐盆地永远是蜀中老百姓的心头之痛。蚕丛迁居青神以后仍不例外,他和后人都在设法治水,一直过了1200年,李冰父子修建都江堰才最终解决了蜀地水患问题。后来民间传说灌江口住着二郎神,有人说二郎神实指李冰的二儿子,其实从二郎神的造型来看,长有三只眼,与蚕丛相同,二郎神实为蚕丛无疑。至于将之假托为李冰二儿子,实是因为秦国灭了蜀国,禁止蜀国百姓祭祀之前的蜀王,大家不得已,只好假托李冰的二儿子罢了。

闲话叙过,蚕丛待众人安定下来,便开始着手训练男丁,组建军队,因为他已切实感受到了巴人军队的强大——夏人或许难以打过北岭,但巴人却有可能侵入西蜀。而蜀安作为一员骁将,其作用越来越大。

岷尚对蚕丛先是不服,随着蚕丛的计划一步步地付诸实施,便也越来越信服,他便全心全意地辅佐蚕丛。蚕丛也封岷尚为丞相,让他帮助自己管束臣民。蚕丛便也能够分开心来训练军队。

如此又过了一年多时间,蜀山的军队初见规模,实现了军民合一，即战时作战，农时务农。

而在此时，蜀安已经接近三岁。现在熊猫的生长发育期为六岁，实是因为他们以竹叶为主食，营养严重不足所致。而在夏末商初时，熊猫食肉较多，发育期仅为3年。蜀安跟着人类生活，其生长期更短，他早已长成了大熊猫。而他的自闭症虽然无法痊愈，但也随着功夫的增长而得到极大改善，他偶尔照样独自发呆，忽然不与人来往。好在大家见怪不惊，任由其为之，待过了一段时间，蜀安便又自然与他们恢复了交往。

二十二、扬威

世上最悲催的事情莫过于看不到敌人的强大,总是以为自己才是天下第一。相传汉朝时夜郎国便曾犯下这个错误,他们以为自己的国土远大于大汉。而在夏末商初,蚕丛也差点犯下类似的错误。

时间就在蜀安快满3岁的时候,那时天气还不十分炎热,蜀山氏族迁往新地方,经过一年多时间的发展,各项工作开始步入正轨。蚕丛忽然决定亲自率领1000战士前往巫咸氏族——当然他并不是想与巴人打仗,只是想借此扬威,让巴人看到蜀人绝不是好欺负的。

俗话说,兵马未动,粮草先行。蜀人迁居新地不久,自然无法事先准备粮草,但他们是军民合一,而且在那个时代,吃饭不比后来讲究,他们在行军途中可以打猎和采摘野果,蚕丛便觉得粮草也不成问题。当蚕丛将自己的想法向臣民们公布后,很快就得到了大家的一致认同。

岷尚想主动请缨前往巫山,但是蚕丛觉得自己应该亲自带兵。由谁带兵才是蚕丛最顾虑的事情——他虽然以人格魅力征服了岷尚,但他还是担心岷尚的野心。岷尚若是掌握了兵权,万一造他的反咋办?当然留岷尚在家,他同样有此顾虑,万一岷尚笼络了人心，自己兴许会进退两难。蚕丛权衡利弊，最终选择了亲自带兵东进。

路上险阻自不用说，他们遇河造筏、遇山开道，行军不快，但也不慢。等他们到达嘉陵江流域，蚕丛看到那里已有民户定居，虽然稀少，但也一片和乐的样子。那些民户见有大军压境，自然有些惊慌。但是蚕丛此次行军的目的并不是与巴人作战，他只是为了扬威。过了一段时间，巴人民户便也看出蜀人并未行凶，于是显示出了友善的一面，特别是当他们看到蜀安憨态可掬时，甚至还拿些东西给他食用。就这样，蚕丛很快就来到巫山一带，于是吩咐众人安营扎寨，还传下令来，叫众人不得擅自与巴人闹出矛盾。

夜里，蚕丛带着蜀安巡逻了一遍，待确信万无一失后，这才就寝。蜀安作为蚕丛的战时护卫，就睡在蚕丛的营帐里。至深夜，蜀安预感有什么事情要发生。

此时蚕丛已经发出了鼾声，蜀安不敢惊动他，便悄悄溜出营帐。外面星光灿烂，虫鸣声此起彼伏，而蜀军众人因鞍马劳累，睡得正香。便连那些负责巡逻的战士，也都昏昏欲睡，打不起精神。蜀安看到东北方向有条影子一闪而过，便跟了过去。那影子似乎飞在了半空中，在巴人之中有此能耐者就只有菜羹一人！蜀安暗想：原来是她！于是加快了脚步。

那人影来到一块草坪上空才停下,降落在地,显然是等着蜀安到来。蜀安很快就来到对方面前,真的是茱萸。他正要招呼,茱萸已劈头在问:"你们这是干什么?也太自不量力了吧!"

其时巴人系五族合一,在夏末商初,他们所处的地理环境相对蜀人要好许多,人口发展极快,可以说每个氏族的人口都超过了蜀山氏族,五族巴人合并,更是蜀山氏族所无法比拟。茱萸知道这一情况,她没想到蜀军居然敢来巴地滋事。

蜀安说:"姐姐误会了。蚕丛大王并非想要讨伐你们,实是想澄清误会。"

茱萸冷笑说:"澄清误会?可有带兵来的?"

蜀安说:"蚕丛大王本想只身前来,但又担心廪君大王怪他怠慢,不得已率众前来。一切误会,待明日后自知。"

茱萸似信似疑,半晌说:"人类生存维艰,我不愿看到人类之间发生战争,这才三番五次劝阻廪君。你们若真要动刀动枪,到时只有你们自己吃亏。"

茱萸言罢飘然而去。蜀安想叫住她,她也不理,自顾飞走。蜀安只得返回蜀营。谁知他尚未挪动脚步,便看到数道火光朝蜀营移动过来。蜀安大惊,心知定是巴军偷袭,此时蜀军尚在睡梦之中,岂有不全军覆灭之理?蜀安连忙跑回蜀营,叫醒蚕丛。蚕丛闻听此言，也是一惊。他走出营帐，看那几个巡逻人员，果然不在状态，心知蜀军太过疲倦，这等情形焉能迎敌？但他不得不传令叫醒众人，让大家作好迎敌准备。谁知等到天明，也未见巴军来袭。大家都知道传言之人是蜀安，难免要抱怨几句。但还没等抱怨结束，巴军便结队赶了过来，在蜀营外面摆开了阵式。

巴军带队之人正是禀君。其实他早已知道蜀军来"侵"，很想迎敌于巫山之外。但从线报所奏，蜀军对巴人秋毫无犯，他实在猜不透缘由，索性任由蜀军上门。蜀军来后，禀君决定先发制人，趁对方尚未立稳脚跟，打算夜袭消灭他们。只是菜羹觉得蜀军来侵简直不可思议，便在夜晚找蜀安探问究竟，她明白真相后便决定阻止巴军的行动。那时禀君已在采取行动，自然听不进菜羹之言。菜羹只好以言相激，要他与蚕丛正大光明地战斗。禀君自恃手下兵众将广，于是改变主意，决定次日作战，好让菜羹心服口服。蜀军这才逃过一劫，而蜀军上下不明真相，反怪蜀安多事。

蚕丛见禀君走出阵营，便也走了出来，拱手说："北有北岭相隔，你我实是近邻，蚕丛愿与禀君大王交好。"

禀君一见蚕丛身形，觉得对方虽然相貌奇特，但远不及自己长得高大，心头便有些瞧不起。他睥睨一眼蜀军，见他们队伍也远不及巴军齐整,心头更生怠慢之心。他说:"有你这样交好的么?我看你们定是打不过,便想讨饶吧!"

蚕丛一听此言,心头有气,但他也知道仗无好仗,断不能就此交恶。他扭头说:"带上来。"

只见蜀营中便有三人拿着三件兵器走了出来。禀君以为蚕丛欲要动手,扭头朝后面一招手,便有巫托等三人从巴军中走了出来,他们也是个个手持兵器,作好了迎战准备。谁知蜀营中那三人走到蚕丛身前左侧,便停住脚步,将兵器横在手中,这又让禀君不明所以。

蚕丛说:"禀君大王,请看他们拿的是什么武器?"

禀君仔细一看蜀军那三人手执的兵器,没想他不看则已,一看便怒火升腾。他再也忍耐不住,大叫说:"杀呀!"

巫托等三人得此号令,连忙冲了过来,挥兵刃朝蜀军那三人打过来。那三人莫名其妙,早已受伤,只得还击。但已失去先机,顿时被巫托等人打得连连后退。

蚕丛一怔,说:"且慢动手。"

此时禀君不愿听他多言,挥戟朝他打来。蚕丛只得仗剑相迎。禀君冷笑说:"就凭你们这些小矮人,也想打赢我们?"

蚕丛一边迎战一边说:"禀君大王误会了,我们不是来打仗的,实乃修好。"

禀君怒声说："你少花言巧语，岂有带兵修好之说？"

蚕丛说："我怕禀君大王不愿与我修好，只好带兵前来。"

禀君说："我若不同意，你便要以刀枪相见了？"

蚕丛说："你若不同意，万一动手，我也可率军自保。"

他们一边说着话，一边打了十来个回合。此时禀君闻听此言，果然觉得蚕丛说话有理，便想后退。谁知转念又觉得有些不对，于是继续与蚕丛交手。他说："可是你凭啥要杀死我的使者？"

蚕丛说："使者委实不是我们杀死的！他们死于狼族。"

禀君一怔，他手上的招式便也缓了一缓。蚕丛趁机后退几步。巴军那边厢便有人大声说："蜀人不是我们对手，蚕丛已被大王打败了。"

蜀安在蜀军之中一直关注着蚕丛的一举一动，他很想接替蚕丛与禀君动手，但他之前曾受蚕丛命令——未经他许可，不得擅自作战。那时蜀安因"误传夜袭"情报，被众人说得脸上无光，他自不敢轻易上阵动手。此时听巴军那边一起哄，他再也按捺不住，几个纵跳，跃了出来，挥掌朝禀君打过来。禀君出其不意，险些被蜀安击中，连忙挥戟朝蜀安刺来。蜀安也不用兵器，他巧妙地避开禀君的兵器，不时回击。

禀君见蜀安出招巧妙，暗自称奇。好在他先前已听莱茣说过，蜀军中有一只熊猫，能通人言，此时在称奇之余便也能够提防应对。这禀君既是巴人的大王，又是巴人中的勇士，力大无比。而他面对的却是熊猫蜀安，蜀安的自闭既给他带来了不幸，但也使他独专功夫。前五个回合，禀君尚能应对，过了五个回合之后，他便显得有些力不从心。

蚕丛见此情况，心想还是见好就收，当即喝道："蜀安快住手！"

蜀安满腹委屈正无处发泄，此时他怎能听得进去呢？他反而加快招式，逼得禀君连连后退。巴人阵营中，茱荑早已看到不妙，她连忙冲了出来，挥剑朝蜀安攻来。

蜀安见来人是茱荑，当下一怔。这时茱荑的剑已刺到他的小腹，蜀安连忙就势朝后一滚，躲避开来。蜀安想挥掌朝茱荑打过去，但他的熊掌刚刚举起，便又放了下来。茱荑心头气恼蜀安伤她夫君，当即继续朝蜀安攻来。蜀安感念她先前帮过自己，只得接连后退。

那边蚕丛已在向惊魂未定的禀君说道："禀君大王误会了，那些兵器确实是我们在荒野中拾得，认得是巴人使者之物，今天特地归还给你们。"

禀君暗想：既然如此，你们干嘛不直说呢，何必要玩这么大的阵仗？

其实巴人与蜀人的言谈举止差别极大,现在的重庆人与成都人行事风格就存在明显差别。在夏末商初时,巴人身材高大,脾气也就相对火爆。特别是禀君靠武力征服巴人五族,崇尚武力。蚕丛坚持以德服人,注重教化,他在统一蜀人部落时很少使用武力,这次来巴地,便也希望"以理服人",而所谓的军队也仅是最后一道保障而已。

蚕丛不愿与禀君作无谓的争执,当下继续说道:"我们发现使者时,他们三人俱已成为骷髅,我们只好就地安葬。为了换取你们的诚信,还决定将他们的兵器交还给你们。还望禀君三思,希望咱们就此互通友好,开展正常交易,我们蜀人能够得盐,你们能够得羊,彼此互惠。"

禀君虽然心思粗犷,也终于明白蚕丛的用意。他扭头一看,此时巫托等人已经胜券在握,而莱荑与蜀安则是互有攻守。原来在力道上,此时蜀安已远大于莱荑。莱荑虽然是神,但她的职责只负责食盐产量,在别的方面是弱项,动用法力则会损害她的面貌,她自不敢轻易使出。而蜀安对莱荑心存感激,不愿伤她,仅在她逼得太甚时才出招将其击退,待莱荑退后便即住手。那边莱荑见蜀安罢手,又欺身上前。当下他们你来我往,反反复复。

禀君遂说:"且住手吧。"

廪君打从内心不愿将盐价恢复到以前，但他也知道这事不能通过武力来解决。他心想蚕丛既然来巴地，就可以坐下来谈判，并且巴人占有地利，自会稳操胜券。

大家见廪君发话，当下双方罢战。

二十三、巨鸟

蚕丛与禀君相互拱拱手，便要各自回去。菉荑瞟了一眼蜀安，蜀安朝她伸伸舌头，做了一个鬼脸。

正在这时，蜀军后方一阵大乱，众人自发地朝两边分开。蚕丛心头一怔，暗想咋回事呢？难道禀君在前面作战，暗中派人抄了蜀军的后路不成？他仔细观看禀君，发现禀君也是一脸茫然。虽说兵不厌诈，昨夜禀君便想偷袭蚕丛，但最终为菉荑的一番大义凛然的话劝住了。这日他仗着人多势众，自不屑从背后袭击蜀军，难道北方军队打过来了？但是在当时，北方已经战火连连，自顾不暇，断不可能跑来巫山一带，更何况巫山地势险要，涉远作战得不偿失。

蚕丛见禀君也是一片茫然，连忙回营了解究竟。很快地，他便看到有一头熊猫跌跌撞撞地跑了过来。而在蜀军后面，不时传来"哎呀哎呀"的叫声。在当时，熊猫虽然也曾食人，但他们主要还是以其他动物为食，不会轻易招惹人类，此次难道大批熊猫入侵？蚕丛看了一眼蜀安。蜀安已经冲向那只熊猫，挥掌朝他击了过去。那只熊猫毫无防备，瞬即摔倒在地。蜀安一把抓起那只熊猫，正要抛向天空，将其摔伤。这时他听到了一声怪叫。蜀安一怔，这声怪叫他恍惚听到过，但却没有一点印象。其实他的自闭症有着一种先天固有的刻板重复行为，只要做了某件事情，便会想着机械地、重复地做着那件事情。而普通人一会儿做这件事，一会儿做那件事，结果聪明反被聪明误，最终失去了成功的机会。那声怪叫对蜀安来说，似乎唤起了他内心深处的记忆，但他又显得有些茫然，不知究竟在哪里听到过。

好在没过多长时间，大家便看到了事情的真相——一只巨大的怪鸟出现在了蜀军之中。那只怪鸟形似驼鸟，但要高大许多，只见他疾走如飞，伸翅向两边蜀军战士猛地扇过去。蜀军战士明明拿着兵器去扑打怪鸟，但只要到了怪鸟翅膀前，便失去了力道，人也被怪鸟带动着跌倒在地。怪鸟偶尔还张开巨嘴，朝蜀军战士身上啄去，那人便会变得惨不忍睹，一片带血的皮肉给怪鸟生生地啄了下来。怪鸟的嘴里含着战士们的肉，很快就吞进了肚中。一些蜀军见了，自然躲得远远的，但总还有些没能反应过来的蜀军战士遭此厄运。

蜀安扭头盯了一眼手上的熊猫，放松了力道。那只熊猫只一挣扎，便离开了蜀安的控制。他脸上惊魂未定，似是自言自语："恐怖鸟！"

原来这只怪鸟正是恐怖鸟。蜀安刚出生时，便遭遇到了恐怖鸟的袭击。那时他还没有多少知觉，但在内心深处感受到了恐怖鸟的存在,所以这次恐怖鸟的怪叫声让他有些恍惚。蜀安不再说话,也没再理会眼前的同类,他冲向了那只恐怖鸟,挥掌朝他击过去。那只恐怖鸟似乎也感觉到了来自蜀安身上的杀气,便停止了对蜀军战士的扑打、啄食,而是怪叫着盯着蜀安。这时的怪叫声距离众人更近,好似金属相互用力摩擦的声音,甚是刺耳。蜀安距离恐怖鸟越来越近,恐怖鸟已经张开了双翅,做好了应战准备。很快地,蜀安与恐怖鸟相距咫尺,恐怖鸟猛地朝蜀安冲了过来。蜀安大叫道:"来得正好!"

蜀安的欲雨掌法呈雷霆之势,外界压力越大,其掌力作用发挥越大,这本身就是以柔克刚的掌法。掌法既有山雨欲来风满楼的味道,又掺杂了洪水冲击的元素。那只恐怖鸟还以为蜀安不过就和先前的熊猫一样,他根本就没将蜀安放在眼里。蜀安的掌法甫到,正中恐怖鸟的巨嘴,恐怖鸟只觉一阵巨疼,连忙后退几步。这时蜀军已将恐怖鸟团团包围起来,但大家已知道未必是其敌手,所以只能围而不攻,还躲得远远的。

恐怖鸟含混不清地说道:"死熊猫,我饶不了你!"

原来恐怖鸟嘴已受伤,说话便含混不清。蜀安厉声说:"你是哪里跑出来的怪物?"

恐怖鸟说："天下是恐怖鸟的天下，你们只要屈服，我们或许会让你们少受一点罪。"

恐怖鸟的话音刚落，这时一支羽箭"嗖"地一下朝他飞来。恐怖鸟听到风声，连忙展翅一扇，那只箭便失却准头，掉在地上。这支箭正是禀君所射，他看出了恐怖鸟是世间所有生物的共同敌人，又见恐怖鸟受伤，便取出弓箭，弯弓搭箭朝恐怖鸟射了过来。禀君本来力大无比，可以百步穿杨，所射之箭却被恐怖鸟轻易地化解了。话说这只恐怖鸟虽然化开了那一箭，但也被箭的力道震得隐隐发疼。这可是他从未受过的挫折啊！他知道寡不敌众，于是展开翅膀，扑棱着转过身来，开始撤退。

禀君瞅到了机会，连忙接连搭箭朝恐怖鸟射去。那恐怖鸟的听觉极其敏锐，而且奔跑速度极快，他先是头也不回地展翅扇开箭支，后来箭支到他身后便掉落在地上。不多久，恐怖鸟就消失在了众人的视线之中。

此时蜀军已有人围住了那只熊猫。大家与蜀安相处，爱屋及乌，便对熊猫产生了好感，早已忘了之前的不快。甚至还有人取来食物，让那只熊猫吃下。待恐怖鸟走后，蜀安与蚕丛便也挤进人群。蜀安见到同类，想起适才的误会，还差点误伤了人家，甚觉过意不去。蚕丛问："这究竟是怎么一回事呢？"

此时那只熊猫已喘息均匀，又吃了一些食物，便不再那么疲惫。他说："恐怖鸟来了，他从岷山追我们到了这里，也不知有多少同类遭殃。"

蚕丛大惊，忙问："人类没事吧？"

熊猫说："他可不管人类不人类，只要是世间生物，便要捕来吃掉。"

蚕丛不觉担忧起来，自己带走家里的壮年男丁，蜀山氏族只剩下老弱病残，岷尚能带领他们躲过恐怖鸟的侵袭么？他抬起头来，却见禀君和菜荑等人也挤进了人群。

巴、蜀两国适才虽然兵刃相见，但是禀君知道，地盘那么大，他们巴人也占不完，而且他们还需要蜀人提供山羊，他们最多只是希望为巴人换取更多的利益罢了。蜀军事先已得到蚕丛指令，此举只是扬威，甚至权当一次长途"旅行"，并不是为了真正打仗。刚才虽有交战，但也规模极小，后来又见禀君帮助他们攻打恐怖鸟，他们早将禀君看成了朋友。禀君和菜荑等人挤进蜀军人群时，蜀军便主动让开了道路。

蚕丛说："这可是人类的共同灾难！若是消灭了蜀山氏族，下一步便会是你们巫咸氏族，甚至整个巴人。"

禀君说："言之有理。看来咱们只有携起手来，才能应对这个可怕的敌人。"

莱荑说："可惜刚才没能将他消灭掉！咱们有这么多的人，还怕他一只恐怖鸟不成？今后人类若是分散，那可有他的机会了。"

那只熊猫说："世上的恐怖鸟共有49只，他们身后还有一只恐怖鸟王。每只恐怖鸟都很厉害，可以以一当百，不，至少是以一当千。与我一同逃走的熊猫本来有20来只，现在就只有我逃到了这里。"

众人听罢皆骇然，特别是禀君等巴人知道蜀安的功夫，他们以为所有熊猫都如蜀安这般厉害，若是20只熊猫被恐怖鸟所杀，足见其是何等的厉害！

蜀安却没有去看众人的脸色，他之前对同类感到很陌生，所以长期都是孤独地活着。此时他已长大成熟，自闭症症状有所改善，便不觉对同类产生一种好感。在他心底，他似乎觉得有某个同类在帮助自己，但这印象极其模糊。他只知道融入人类生活后的情景，他曾试图解开自己的身世之谜。即使在这种极度压抑的气氛之中，他也没有考虑到大家的安危，而是想着一些简单的问题，他忍不住问："你叫什么名字？"

那只熊猫说："我叫竹安。"

竹安？这名字咋与自己相仿呢？蜀安在心中暗想，便不觉抬头望起了天空。但天空一片晴朗，只有一片白云在缓慢地移动。

蚕丛对蜀安的毛病见怪不怪，他知道蜀安每发一次呆，功力便会增长。但是这种领悟性增长也有限度，到后来日渐减缓。此次见蜀安发呆，考虑是非常时期，便拉了拉蜀安的胳膊："整个岷山流域都遭受到了一次前所未有的浩劫，咱们一定要设法将损失降到最低。"

竹安说："不错，目前熊猫部落已在计划翻越北岭，迁往其他地方，可惜还没有商量好，我们便被3只恐怖鸟盯上了。双方打打停停，只有我逃到了这里。"

蚕丛心想：熊猫的力道虽然较人类要大许多，但与恐怖鸟相差甚远。你们所谓打打停停或许就只是逃走，没有真打。

蜀安的思维也从另一个"星球"拉回到了现实，他环视众人一眼，最后盯着蚕丛，单等他下达命令。茱萸与蜀安曾接触数次，先是觉得蜀安憨态可掬，现在倒又觉得这只熊猫的确不简单，不仅功夫出众，而且颇具忧患意识。

蚕丛盯着禀君，缓缓说道："眼下有一事还请禀君大王鼎力相助。"

禀君说："尚请蚕丛大王明示。"

蚕丛说："听竹安所言，这只恐怖鸟还有两个同伴，他适才逃走，多半引唤同伴去了，咱们宜齐心协力杀死这3只恐怖鸟，也顺便探得恐怖鸟的真实本领，好为以后做准备。"

禀君暗想，在盆地中称雄的只有巴、蜀二者之一，现在看来宜及早打算。说道："蚕丛大王所言极是，只是要烦蜀军作为诱饵，引得恐怖鸟来时，巴人再出手相助。蜀军远来，我本该邀你们入城，但彼此合在一起，恐怖鸟见我们人多势众，未必敢来滋事。"

蚕丛对此倒也并不在意，当即约定，巴人一旦看到蜀军遭遇恐怖鸟袭击，应立即施以援手。他们商定好细节，禀君这才拱手辞别。

二十四、误杀

一晃数日,蜀军都处于高度的戒备之中。那几个受伤的蜀军战士,除一人死亡外,其余尽皆控制住了伤势。原来西蜀岷山一带,盛产草药,蜀地先民观看动物疗伤,便也熟悉了药性。这次他们前来巴地,带有草药。只是恐怖鸟一去不返,他们既担心恐怖鸟直接回了蜀地,又害怕恐怖鸟会伏在路途中。而蚕丛先还担心恐怖鸟袭击人类,但在接下来的几天里,他便渐渐想得淡了,觉得恐怖鸟主要是为了抓熊猫,在人类居住的地方也仅是路过而已,未必真会对人类下手。

就这样,蜀军处于患得患失之中,既不敢离开,又盼着离开。一直到了这日晌午,宁静再次被打破。负责守卫的蜀军战士看到有3只恐怖鸟正朝他们飞来,一人连忙飞奔跑来报告蚕丛。

蚕丛知道后,连忙派一人赶往巴人那里通知禀君,他则带着蜀安、竹安及众人前往迎敌。

恐怖鸟的奔跑速度甚是迅捷,等蚕丛赶到营外时,那3只恐怖鸟已经逼近了守卫人员。那几个蜀军战士正不知所措,见蚕丛等人赶到,这才暗暗松了一口气。

先前为蜀安所伤的那只恐怖鸟一眼就看到了蜀安与竹安,

便对蚕丛说："识相的,你们只要肯交出那两只熊猫,我们就放过你们。"

竹安心头一惊,偷眼观看蜀安与蚕丛,只见蜀安镇定自若。蚕丛已开始说话了："少出狂妄之语,你虽比我们要强大,但在逆天行事,迟早会被消灭。"

恐怖鸟见蚕丛不为所动,便说："你们若是不听劝阻,我们定会报告大王,让他第一个消灭你们人类。"

蜀军众人顿时脸色大变,均不安地盯着蚕丛。蚕丛忙对众人说:"恐怖鸟仗着力大,无视世间其他生物,断无信义可言,大家万不可上当。"

此时大家已对蚕丛甚是信服,那些心存犹豫的人便也不再胡思乱想。那只恐怖鸟见蚕丛不为所动,怪叫一声,率先展翅冲了过来。其余两只恐怖鸟便也跃跃欲试,意欲冲进人群。

蜀安一声大吼,冲向了那只恐怖鸟,挥掌朝他击了过去。那只恐怖鸟没有见识过蜀安的厉害,连忙展翅朝蜀安扇过来。蜀安大叫说："来得正好！"

竹安见蜀安已在行动,便也冲向另一只恐怖鸟。蚕丛向手下众人吆喝一声,众人便纷纷亮出兵器朝剩余的那只恐怖鸟奔了过去。

蜀安毕竟掌法与众不同,他既可以柔克刚,又能刚柔相济,与他作战的那只恐怖鸟被他震得接连败退。而与竹安交战的那只恐怖鸟则明显占有优势，逼得竹安节节后退。蜀军战士则是围着第3只恐怖鸟使出了全力，但也仅能自保。蜀安眼见竹安受敌，又无人能上前帮忙，只得舍弃了与自己交手的那只恐怖鸟，转身去帮竹安。与蜀安交手的那只恐怖鸟虽然不敌蜀安，但见蜀安跑去与另一只恐怖鸟交手，便又跑过来滋扰他。蜀安只得回身迎敌。就这样，两只熊猫与两只恐怖鸟交战，而人类十余人共同与一只恐怖鸟作战。其实也不是人类不肯帮忙，恐怖鸟与熊猫的力道都较人类要大，蜀军战士根本插不上手。

再说蜀军虽有一千多人，众人也只能围成圈子，为己方助威，真正与恐怖鸟交手的也仅有十余人。即便如此，大家也还有些无法施展开来。

约莫过了一刻钟，外面蜀军忽然传来嘈杂声。蚕丛一惊，暗想难道是其他恐怖鸟跑来了？但是岷山距离巫山何其遥远，恐怖鸟的速度再快，也断难数日赶过来。他很快就释然，原来是巴人友军到了。巴人个头较蜀人普遍要高大得多，气力上占了上风，扑杀恐怖鸟自也多了一分机会。再说先前蚕丛还有些担心蜀安不敌数只恐怖鸟，现在看来蜀安与竹安联合斗两只恐怖鸟，至少也能打个平手。

蚕丛正想着，这时一支利箭破空而至。恐怖鸟抬头去看利箭。蜀安得到暂时缓解，便也抬起头来，谁知那只利箭并非奔向恐怖鸟，而是冲着自己而来。蜀安的速度再快，也快不过利箭的速度，他顿时变得不知所措。就连蚕丛也看得惊呼起来，暗骂禀君箭法太差，他想前去帮忙，却已经来不及了。

正在这时，忽然天空飘来一人，那人瞬间而至，挡在了蜀安面前。利箭紧接着就到了，直直地插进了那人的胸口。紧接着，有人大叫起来："菜荑！"

挡箭之人正是菜荑，她仗着身有法术，决定帮助蜀安。然而利箭速度太快，她根本没来得及念动咒语，心脏便中了一箭。

而射箭之人正是禀君，他没想到菜荑居然会替蜀安挡这一箭，当下心头好生后悔，觉得这次不该让菜荑跟来。其实他也并没有打算让菜荑前来，可是菜荑犟着要来，结果这一箭便要了她的性命。

当下禀君冲了过来，他一把从蜀安怀里夺过菜荑，转身便走。蚕丛不明所以，连忙叫他："禀君大王。"

禀君自是不理，自顾去了。

蚕丛自然不会想到，禀君这次其实是想出卖蜀人。恐怖鸟既凶猛，又有智慧，他们见两只军队集结在一起，知道斗不过人类，于是选择与禀君合作。

恐怖鸟悄悄找到禀君，要禀君帮助他们杀死全部蜀军，以后他们只在岷山上生活，蜀地的大片土地都可以划归巴人。禀君得知蜀地有一片广阔的平原，再说此举又可以与恐怖鸟化敌为友，是一举多得的大好事，当下同意他们的提议。没想到他们的约谈被蓁薨听到。蓁薨数度劝谏禀君，要他放弃武力，以德服人，但是禀君不听。这次蓁薨知道断难劝阻禀君，于是在禀君前来"帮忙"时一同跟来。

禀君没有将计划告诉给蓁薨，他想届时木已成舟，蓁薨必会承认这一既定事实。等他来到蜀营，弯弓搭箭射向蜀军中的"六指战士"蜀安，心想只要蜀安一灭，其余蜀军不是对手。若是趁机灭掉蜀军，日后蜀山氏族其他人问起，他大可以将责任推在恐怖鸟身上，说是恐怖鸟杀害了蜀军，但他做梦都没有想到蓁薨居然会替蜀安挡这一箭。

蚕丛眼见禀君满脸悲伤地抱着蓁薨而去，其余巴人战士便也随之撤离。他的心一沉，当即下令说："各位听令，不惜一切代价，一定要杀死这3只恐怖鸟！"

恐怖鸟大笑着说："就凭你们也想杀死我们？实话告诉你吧，禀君与我们已经结成了同盟。"

此时恐怖鸟见禀君撕毁约定，没有杀死蜀安，便也不再顾及人家,直接将秘密泄了出来。他这话直让蚕丛听得心惊肉跳,暗想自己这1000人根本不是巴人对手,再有恐怖鸟在此,那还不全军覆灭?当下好生后悔,不该轻易带兵前来巫山。

蜀安也没有料到蚕丛居然会遭禀君出卖,暗想恐怖鸟真是狡猾,先前也曾试图挑拨人类与熊猫的关系,幸亏蚕丛没有糊涂,否则自己没准与竹安一道遭受厄难。他又感怀菶荑为自己而死,当下一股怒气只觉无处发泄,他大吼连连,猛地挥掌就近朝一只恐怖鸟击了过去。

那只恐怖鸟见蜀安脸色可怖,自是不敢大意,复又与之交手。俗话说,一夫拼命,万夫难挡。此时蜀安已是愤怒至极,掌力呼呼作响,即便没被打中,也被掌风震得生疼。而恐怖鸟也是恼怒禀君言而无信,没有把蜀安杀死,便也暗暗下定决心,今后一定要找禀君报仇。

但这只是那只恐怖鸟一厢情愿的想法,蜀安的掌法太过凌厉,便似波涛汹涌的山洪,忽然凝聚了力量,向阻碍物猛地冲了过去。那只恐怖鸟一不小心便中了一掌,顿时怪叫声中夹杂着惨叫,身子也似断了线的风筝,飞出老远。那只恐怖鸟一着地,接着便是一动不动,声音也消失了。

霎时,大地一片沉寂,世间一切仿佛都停滞了。也不知过了多久，蜀军众人才轰然叫好。剩下那两只恐怖鸟都怪叫一声，一齐冲向蜀安。竹安想上前帮忙，但他已被恐怖鸟的声势给震住了。蚕丛有心让蜀军上前帮忙，但是没有谁能够插得进去。

此时蜀安只身与两只恐怖鸟交手，直看得人类心惊肉跳，他们做梦都不会想到一只刚成年的熊猫会有如此大的本领。竹安更是惊讶，他虽然知道熊猫的力道远大于狼族与人类，但没有想到蜀安居然会如此厉害。

那两只恐怖鸟知道不是蜀安的对手，便想逃走。但是蜀军围得甚紧。虽然在恐怖鸟的反攻之中难免有蜀军战士受伤，但他们知道此时不除掉这两只恐怖鸟，他们只要与其他恐怖鸟汇在一起，必然会有更大的杀伤力。再说这两只恐怖鸟只要一出去，蜀安的战斗力量便也会传了出去，其他恐怖鸟则会有所防范。

那两只恐怖鸟见始终无法突围，便想拼命反扑。但是蜀安的掌法太过凌厉，他们的反扑徒劳无益。只是过了一段时间，那两只恐怖鸟便也看出了门道，原来蜀安的掌风太过厉害，人类被它扇中，同样会有受伤。可是人类战士并没有因此而退缩，他们宁愿拼着被误伤，也要杀死眼前这两个致命的敌人。

恐怖鸟于是拼着命也要往人类的兵刃中游走，以让蜀安伤着人类。蜀安渐渐也看出了微妙，他大喝道："闪开！"

但是蜀军战士知道恐怖鸟的残忍，而且蜀安以一敌二，速度上又较恐怖鸟稍有不及，便都不愿意躲开，他们只是尽量躲避着蜀安的掌风。终于，又一只恐怖鸟倒在了地上。剩下的那只恐怖鸟发出一声凄厉的怪叫，想振翅飞走，但始终无法实现。这时蜀安的欲雨熊掌又一次击在了他的身上。那只恐怖鸟顿时发出一声闷哼，倒在地上不省人事。

蜀安再上前补上一掌，确信对方已死，这才作罢。众人抬眼望着蜀安，只觉蜀安双眼通红，不似寻常的熊猫眼，尽觉骇然。他们也知道蜀安准是因为菜蓣之故——菜蓣对蜀安既像大姐，又像母亲，呵护备至，蜀安焉有不被感动之理？

二十五、沉尸

经此折腾,已是下午。众人早觉腹中饥饿,蚕丛遂吩咐众人生火做饭,还让人将其中的两只恐怖鸟身上的毛发褪尽,割肉烤熟,分飨众人。那两只恐怖鸟的脚爪太过坚硬,在烧烤中渐渐伸直,脚爪上的皮也是太过僵硬,用手怎么也撕不下来,而且还带有一定的韧性。于是有人准备用利刃将之割下来,刚好蚕丛看到了,他连忙说:"且慢。"

那人便将脚爪递与蚕丛,蚕丛一手拿着鸟腿,一手去拉上面的皮,发觉脚皮极具韧性。蚕丛大喜说:"多好的弹弓!"

原来蜀人以前捕猎时使用的器械多是刀、矛之类的武器,还不知晓弓箭。这次他们来到巴地,见禀君使用弓箭,蚕丛很是羡慕,决定回去也要制作推广这种新型武器。恐怖鸟的脚爪正好用来当成弹弓,之后蚕丛便将其中一把弹弓时刻挂在身上,其余的弹弓则赏赐给了蜀军中那些立功的战士。二郎神使用弹弓便是由此而来。

众人吃完鸟肉,同时也吃了一些其他食物。又有人觉得恐怖鸟的肉质实在太过鲜美,便想着还有剩下的那只恐怖鸟,提议将那只恐怖鸟一并烤来吃。蚕丛却另有打算,他想把那只恐怖鸟送与禀君。

禀君财大气粗，颇有些瞧不起蚕丛，就像城里人瞧不起乡下人一样。这让蚕丛很伤自尊，由此又颇有些自卑。特别是在双方约定共同对付恐怖鸟之后，禀君也没有送些食物给蜀军。蚕丛便只好让人四处打猎、采摘野果，好在那时的人类不如现在这般讲究，他们只要能够填饱肚皮即可，蜀军倒也勉强可以过活。只是经过这几天，周遭的猎物日渐减少，能吃的野菜、野果也逐渐被采光。这次听恐怖鸟之言，禀君还两面三刀。蚕丛起初对禀君的所作所为感到心凉，但又想到恐怖鸟也曾挑拨人类与熊猫的关系，觉得恐怖鸟兴许是在故意贬低禀君。这次向禀君送去礼物意在表明，没有禀君的帮忙，他们照样能够战胜强大的恐怖鸟；蜀人绝不是好惹的，希望禀君识相。

蜀军战士不明所以，极不情愿，但又不得不听从。一名蜀军战士还有些不甘心地说："两只脚爪给了禀君，那他岂不是如虎添翼？"

蚕丛心念一动，果然觉得有理，便着人砍下那对鸟脚。那人刚刚砍下脚爪，这时便听到外面鼓声震天，呐喊声阵阵。蜀军战士大惊，望了一眼蚕丛，暗想大王也真是的，对敌人仁慈便是对自己残忍。大王才说要送他们恐怖鸟，没想到他们这么快就跑来挑战了。

蚕丛有些尴尬，只得传令下去，做好迎战准备。当下蚕丛急急忙忙地率众人走出营帐，只见巴军都集结到了江边，并没有向他们杀来。蚕丛便也带领大家跑过去，远远地站着观看。

只见下游围着一群人，最里面站着庄严肃穆的禀君，他的面前横放着菜羹的尸体。另有3人赤裸着上身，还涂满了彩绘，他们正围着菜羹的尸体在那里蹦蹦跳跳。人群里面还有几人正在擂鼓。原来禀君属于巫咸氏族，"咸"字代表着他们掌握了食盐，而这"巫"字则是指他们热衷于巫术，巴国内部还仿照北方夏朝的祝官编制设有巫官。这次菜羹身死，禀君便让巫官作法，好让菜羹早日投胎。

蜀山氏族若是有人死亡，一向讲究入土为安，他们对巴人的行为大为不解，但也知道绝不是向他们宣战。蜀安也挤在了蚕丛身边，他心头一直过意不去，认为菜羹是为他而死，暗想禀君这样做难道可以救活菜羹么？如果救活那可是万幸之至啊！

考虑到尚不知蜀地人类是否遭受恐怖鸟侵袭，蚕丛原想吃完饭并送出礼物后便返回。他现在见禀君如此折腾，也感到奇怪，礼物自然暂时无法送出，他也不提班师之事。蜀军战士虽回家心切，但有热闹可看，谁也没有向蚕丛提醒应该返回蜀地了。

也不知过了多久，巴人的鼓声音调开始变化，接着有十余个穿得花花绿绿的健壮男子从人群中闪出来，他们在禀君面前跳起舞来，而先前那3人则退进了人群之中。这十余人的舞蹈与那3人有所不同，只听见他们嘴里"霍霍"有声，也不知是否能够唤醒菜薨。蜀安看到这里，更加坚定了内心的想法。他扭头盯着蚕丛，见蚕丛满脸迷惘，不忍打扰，便又继续瞧着那群巴人。

又过了许久，太阳都快要下山了，巴人的鼓声忽然变得异常激烈起来，那十余人也跳得更加猛烈。忽然，鼓声停止，十余人也停止舞蹈。先前那3人这时又钻了出来，也不知说些什么。就见禀君弯下腰去，一把抱起菜薨。蜀安看到这里，心头好生失望，暗想他们终究未能救醒菜薨。

谁知更加不可思议的一幕出现了。只见禀君抱着菜薨，慢慢地走向高高的陡峭江岸，他猛地将菜薨的尸体抛进江里。蜀人这方顿时都忍不住惊叫起来："哎呀！"

蜀安也是一怔，他已顾不得向蚕丛说一声，便忽然向巴人那边冲了过去。巴、蜀双方的军队都在长江北岸，但是巴人那支是在蜀军下游。菜薨的尸体随着江水往下漂去，蜀安跑过去的方向得途经巴人那边。但他已顾不了许多，径直冲了过去。

巴人见蜀安冲向他们,都不明所以。但他们很快就醒悟过来,特别是禀君,他曾企图借假恐怖鸟之手消灭蜀军,现在见蜀安冲过来,以为蜀安是想找他麻烦,连忙让人摆开阵式。蜀安也不管他们已经做好迎战准备,继续冲向他们。禀君大喝说:"杀啊!"

众巴人便手持兵刃纷纷奔向蜀安。蜀安离他们越来越近,大家都知道蜀安的本领,全都打起了十二分精神。

再说蜀军这边,蚕丛眼见着蜀安冲向巴军,暗叫不好。后来看到巴军手持兵刃迎向蜀安,情知要糟。他连忙吩咐众人:"杀过去!"

蜀军顿时发出一声怒吼,也顾不得人数较巴军要少许多,他们只想跑到巴军那里去救蜀安——因为他们知道,消灭恐怖鸟,也只有蜀安才有可能!

再说禀君那边,他们虽然人多势众,但这次他们是在为莱蓣作法,一时之间根本没有集结全部战士。现在眼见蜀军冲过来,禀君便急急地命人传他号令,让众人赶过来救驾。

原准备消灭蜀安的那些人见蜀军大部队冲了过来,顿时变得有些迟疑。而蜀安已经跑到他们跟前,只见蜀安双爪前伸,用力地往两边一抛,巴人的兵器只要一接触到他的前爪,便即撒手,直震得那些巴人虎口俱裂。好在蜀安并没有向他们下手,他继续向下游跑去。刚好有个巫师挡住了蜀安的去路,蜀安想也不想,便伸手去推那人。巫师本来也很有些力气,但他的职业并不是打仗,现在出其不意,顿时给推得跌出老远,摔在地上疼得直叫唤。

这时蜀安的前面出现了一对鼓,他也不管那么多,猛地一脚踩在上面,牛皮鼓顿时给踩裂开来。蜀安的脚也陷在里面,一时拔不出来。蜀安便俯下身去,伸前爪将那面鼓用力一撕,牛皮便被生生地撕扯烂了。蜀安拔出脚来,继续往下游跑去。

在三峡中,巫峡向来以奇险著称,长江之水流经这里,凶险无比,而其凶险又表现为险在了窄、险在了急、险在了曲折多滩。有时江水冲击在山崖上,时时发出狂暴的怒吼,甚至卷起一两丈高的浪堆。菜萁的尸体在江水中时而隐没,时而显现。此时夕阳已经西沉,夏季的天空迅速变得暗淡下来。蜀安的速度虽快,但也费了不少时间才隐约看到菜萁的尸体。他一时半会没法打捞上来,只得继续沿着长江岸边与滔滔江水赛跑。

天色越来越暗,蜀安始终未能将尸体打捞上来。好在他虽然对菜萁怀有一种特殊的感情,但由于历经过山洪的凶险,知道大水无情,不敢以身试水。跑了一阵,他忽然醒悟,这里的水流之急直抵岷江上游，但是这里水域更加宽阔，他无论如何也无法跳下水去啊！

蜀安想到这里，眼珠子一转，顿时心生一计。他瞅准一棵半大松树，伸爪用力一折，那棵半大松树便被生生地折断了。蜀安手执树脚一端，将树尖那端对准菜羹的尸体，小心地往岸边划。但是巫峡那一段的水流太过险急，松树硬是给冲成了弯弓，菜羹的尸体便继续往下游漂去。蜀安只得跟着流水疾走，他边走边用力划着流水。几经周折，菜羹的尸体终于靠近了岸边。蜀安伸爪将尸体拉上岸来，便要返回。谁知他根本无法提起尸体，原来这场水中捞尸远比攻打恐怖鸟要费力得多，蜀安早已累得全身虚脱。此时天色彻底暗了下来，繁星挂满了天空。蜀安虽然急于赶回蜀营，但也没有办法。

蜀安只得就地休息。此时他的腹中饥肠辘辘。换了别的熊猫，兴许就要吃掉菜羹尸体。蜀安却觉得菜羹是他的贵人、恩人，他得按照蜀人的方式，让菜羹入土为安。

他自然不知道，巴人并非对菜羹弃尸，他们是在水葬，让长江里的大鱼吃掉死者的尸首，好让其早日投胎。这次蜀安打捞菜羹的尸体，后来消息传到巴人那里，他们便感到了恐怖，以为蜀人打捞尸体是想吃死者的肉。巴人虽然可以让鱼吃掉死者，但对人吃死尸却是感到不可理解。思前想后，他们决定将尸体置于悬崖高处，那样谁也伤害不了死者。所以至今巫山一带，悬崖上挂有悬棺，便是由蜀安打捞尸体之事所引起。

再说巴、蜀二军打斗时间并不长，他们见天色渐晚，于是约定收兵，待来日再战。蜀军归队后，蚕丛让人一盘查，虽然蜀军伤亡在所难免，好在死亡的人数并不多。伤者只需要回去休养一段时间，便可复原。蚕丛所担心的乃是蜀安的安全，他不敢贸然班师回去。但若真要次日再战，他又担心禀君会在夜晚偷袭，此时他已明白禀君之言切不可信。

在患得患失中，蚕丛终于等到了蜀安的归来。这次蜀安驮着莱荑的尸体，较先前已显得冷静多了。他不敢再招惹巴人，而是绕道而行。路上虽然难免碰上一些肉食猛兽，但是蜀安此时的功夫已非昔日可比，几下便将那些猛兽赶跑。蜀安甚至还想，若非驮着莱荑的尸体，他都准备猎捕那些猛兽送回蜀军军营享用。

蚕丛一看到蜀安，顿时大喜，于是吩咐众人，立即返回蜀地。众人知道蚕丛不愿与禀君硬碰硬，暗自折服，心说好汉不吃眼前亏，这才是明智之举。古时巴人好斗，蜀人崇尚教化，由此可见一斑。现在的川渝人与古时的巴蜀人不同，但一方水土养一方人，过去的生存方式也就保留了下来。

当晚禀君倒也并没有跑来袭击蜀军，毕竟他才死了妻子，心情悲恸，哪有心思夜晚跑来打仗呢？次日有探子向他报告，说是蜀军连夜逃跑。禀君只觉又好气又好笑，直骂蜀军是一群懦夫，还传下令来：今后有胆敢向蜀地私售食盐者，一律处死。他心想只要蜀军少了食盐，就必然没有力气，到时他禀君想怎么收拾蚕丛，就可以怎么收拾！

二十六、班师

蚕丛率蜀军走出很远，这才安营扎寨，打尖歇息。此时他们尚未走出巴人的地盘，但也没有遭受禀君大部队的威胁，这 1000 蜀军战士倒也不用惧怕别人。他们经过的地方正是恐怖鸟曾经到过的地方。蚕丛便趁闲带着蜀安外出打探恐怖鸟的情况。有些村民说，的确看到过 3 只怪鸟经过那里，但他们并不是一味地捕杀人类，只是有人刚好碰着了便会死于非命。

蚕丛这才稍安，但转眼又想：那 3 只恐怖鸟是为报蜀安打伤其中一只的仇啊，或许就没有时间理会其他猎物。蜀地与恐怖鸟相距不远，兴许损失会更惨重。想到这里，蚕丛的额头顿时拧起了数道皱纹，中间的那只眼睛也给扯成了老长，让人看着甚是滑稽。

但是他毕竟带有 1000 号人，又不敢太过疲劳，否则撞着恐怖鸟也不是对手！另一方面，他还担心禀君会派人追来。蚕丛带着队伍渡过了嘉陵江，日渐进入无人区。那里已经远离巫山，蚕丛便觉得多了一分安全。但想着恐怖鸟就在附近，便又觉平添了一分危险。

这日，他们走出大山，进入丘陵地带，蚕丛见那里虽然山峦起伏，但却相对平坦，知道离家越来越近，也就是说更加接近恐怖鸟了。蚕丛遂让众人就地休息。

此时蜀安已为菜羹做了一具简单的棺椁。那时候尚处初秋时节，天气仍然比较炎热，蚕丛本来想让蜀安就地安葬菜羹，以免尸体腐烂。但是蜀安不肯，执意要拖着棺椁回蜀，蚕丛觉得蜀安是小孩子脾气，只得由他。每当休息的时候，蜀安便打开棺椁看一眼，但觉菜羹颜色未变，便似睡着了一般。其实蜀安也很担心菜羹的尸体会腐烂，但他也有自己的保存法子，在休息的时候将菜羹的尸体放在水中浸润一会儿，为其降温。这次休息，蜀安也不例外，他小心翼翼地抱起菜羹的尸体，放在河里浸泡。

忽然，天空飘来一片乌云，明朗的天空霎时变得昏暗无比。蜀安不明所以，连忙抱起菜羹的尸体往棺椁方向跑去。谁知还没有跑近棺椁，倾盆大雨便哗哗直下。而在大雨之中，他看到一个庞然大物正快捷地向人群奔来。恐怖鸟！也只有恐怖鸟才有如此快的速度。蜀安连忙放下尸体，冲向了那只恐怖鸟。

人群顿时惊叫起来，他们连忙拿起武器。但在瓢泼大雨之中，手执兵刃多有不便。而恐怖鸟在大雨中一如平常，他很快就扑向了一名蜀军战士。紧接着便是一声惨叫，那人瞬间便没了声息。恐怖鸟一举袭击成功，拖着那人迅速地撤退。只是由于负重，奔跑速度也就相对变缓，蜀安很快就追上了他。蜀安厉吼一声，挥掌击了过去。

恐怖鸟见对方不过是一只熊猫，全然没将蜀安放在眼里。他丢下那人，展翅朝蜀安击了过来。蜀安的欲雨熊掌碰到恐怖鸟的翅膀，恐怖鸟顿时疼得怪叫一声，他知道碰上了硬茬，转身就逃。但蜀安岂容他逃走，双掌连出，均击打在了恐怖鸟身上。但是由于天上还下着大雨，蜀安的掌法威力大打折扣。恐怖鸟挣扎许久，最后才被蜀安打倒在地。

蚕丛等人走了过来，他们没想到大家都快到家乡了，却有人死于非命，都悲伤不已。又过片刻，大雨渐渐止住，蚕丛让人挖一处墓穴，将死者就地掩埋。蜀安回头去找菜羮的尸体，当他回到原地时，尸体居然不见了。蜀安顿时急得乱叫，蚕丛遂让人四处搜寻，可是菜羮的尸体始终未能找到。蜀安疑心尸体已被大雨冲走，可是那里是一片平地，并没有形成洪流。若说被其他野兽拖走，但周围没有痕迹。虽说适才下有大雨，但野兽拖动尸体，必然会踏坏野草，那些野草一时半会不可能恢复原样。

蚕丛遂安慰道："咱们迟早要将她下葬，丢失了也就权当已经下葬。"

可是丢失尸体真能当成下葬么？蜀安根本听不进去，他伸爪朝地上挖去。地上泥土经雨水浸泡，已经变得极其松软，不过蜀安的手爪也经不起如此折腾。蚕丛不好违拗蜀安的意思，让人递给蜀安一把齿钯。蜀安接在手中，用力挖了起来。也不知过了多久，下面竟然露出一些白色的晶体来。

众人顿时惊叫起来，蚕丛觉得那些白色晶体有点像是食盐，便伸手拿起一小撮放进嘴里，果然很咸。想不到蜀地也产食盐！蚕丛顿时按捺不住内心的喜悦，他高兴地说："今后咱们再也不用受制于禀君了。"

蜀安悲伤地说："可是菜荑到哪里去了呢？"

蚕丛一怔，半响才醒悟似的说："对了，菜荑是盐神，准是她给我们带来了食盐。"

蜀安不解地盯着蚕丛。蚕丛说："菜荑掌管巴地井盐，点水化卤，先前她便曾为咱们送来盐水。这次天降大雨，应该是她死后施法，再次帮了我们。"

其实蚕丛也不能完全明白是怎么回事，便编了这番话来安慰蜀安。没想到菜荑诚如他所料，遇水形成盐晶，她的尸体也就自然隐去。而在另一方面，她被禀君射死之际，一魂一魄立即出窍，留在了巴地，飘飘渺渺。后来被巴人一名巫官看到，便在巫山上为她竖立金身，让那一魂一魄附着在金身上面。于是金身有了活力，成为巫山神女。可惜她其余的两魂六魄被带到了蜀地，巫山神女始终无法转成人形，后来便只能在梦中与转世成为楚襄王的禀君相逢。而菜黄的尸体到了蜀地，化为食盐，逐渐改善了蜀地人类的体质，蜀山氏族的人口开始得到迅猛增长。蜀地产盐地很多，而以菜黄尸体丢失的那个地方最为出名，这便是后来的自贡，其井盐闻名于天下。

当下蜀安便也稍微心安，随蚕丛继续踏上归途。

不久，他们回到了青衣江一带。蚕丛向岷尚了解情况，才知人类并未遭受恐怖鸟的袭击。原来恐怖鸟出来后，一直在岷山一带活动，他们先是追逐熊猫，后来也追逐其他动物。竹安等二十来只熊猫被逼得往东逃逸，他们并没朝有人类居住的地方逃跑，因为熊猫长期生活在岷山半山坡，习惯于在山坡上奔跑。蜀山氏族离开山地，在河谷定居，刚好远离了恐怖鸟追逐的路线，否则没准会遭受其害。后来竹安等熊猫逃到巴地，那里属于丘陵地带，多有巴人居住，于是便偶有巴人遇难。这次倒是出征的那些男丁有人伤亡，其家人自然难免悲伤。蚕丛遂软语劝慰他们，表示将承担抚育那些未成年孩子的重任。

如此过了一日。这日清早醒来，竹安便央求蜀安回岷山去拯救其他熊猫。蜀安在巫山乍见竹安，知道是同类，心存好感。他们后来一直睡卧在蚕丛的营帐中，负责守护工作。但是蜀安对那些"未曾见过面"的熊猫同类并无好感，与竹安初见那阵的好感也随着时间的推移而淡化，他不愿去拯救他的同类。

竹安只好转身去求蚕丛。蚕丛也很纠结，他有心让蜀安前去，又担心引火上身。可是恐怖鸟只要消灭掉了熊猫，说不定下一步就是其他动物，甚至是人类，毕竟他们也要生存啊！弱肉强食永远是大自然的法则。

竹安见蚕丛与蜀安都在犹豫，顿时急了，说："你即使不愿意出手，也该想想熊猫爸爸金貅！"

"金貅！"蜀安的眼睛顿时亮了。他小时候虽然对金貅全然没有印象，但在稍大的时候，他对狼族忽然心存好感。为了避免他做无谓的"感恩"，蚕丛向他道出了金貅的秘密，说他过去一直是由金貅抚养，蜀安吃捣奴的奶也不过是与金貅的一场交易。之后蜀安便渐渐淡忘了捣奴的哺乳之恩，所以他虽然放过多桑夫妇，却仍对其他恶狼大打出手。但是在他心灵深处，他知道金貅才是他的最大恩人。竹安提起金貅，蜀安顿时激动起来。他一把抓住竹安，问："我爸爸在哪里？"

竹安忙说："他在组织大家与恐怖鸟作战。"

蜀安呆了片刻，他忽然猛地将竹安推开。竹安没有防备，差点摔在地上。蚕丛冷眼观看，暗想竹安也已长大，体力怎会如此不济？想当初，蚕丛曾与花刺子交手，花刺子的摔、打、滚、爬，功夫可谓一流，轻易便将自己的功夫卸去。而竹安与蜀安年龄相仿，差距却甚大。随即他又转念一想，蜀安痴迷于功夫，功力远非寻常熊猫可比，竹安自是无法抵御，便是自己，只怕也未必能够像对付花刺子那样与蜀安过招。他望着蜀安。却见蜀安摇摇头说："你在撒谎，金貅爸爸已经死了。"蜀安说到这里，忍不住放声大哭起来，他越哭越伤心，说："我自出生以后，妈妈便遗弃了我，是金貅爸爸抚养了我。若非那次洪水，金貅爸爸也不会死！"

过了半晌，竹安才说："真的，我没有骗你。金貅爸爸没有死，他活过来了。"

蜀安便死死地瞪着竹安，竹安也是一副大无畏的样子，迎着蜀安的目光。蜀安很想问："既然爸爸没有死，可他为什么不来找我呢？"

但他最终也没有问出口，其实蜀安心里明白，他已彻底融入了人类，即使金貅爸爸来找自己，自己也未必肯回去。想到这些，蜀安便忍不住为金貅开脱：上次花刺子来找自己，自己不愿回去，她或许将这事告诉了金貅爸爸，金貅爸爸自然不会再来寻找自己。

竹安见蜀安沉吟不语，便又说："倘若你不出手，或许金貅爸爸就要死了。"

这话一出口，蜀安果真急了，径直往外面跑去。原来蜀安虽然功夫极高，但他的自闭症始终无法痊愈，仅是随着功力的增长有所改善而已。竹安虽然功夫不济，却深谙熊猫与熊猫之间的情感纠葛。他只需说出这样一句激将话来，蜀安连想也不想，就按照自己的思维行事去了。蚕丛想叫住他，蜀安却没有听到，他只得向竹安摇摇头说："你呀——你呀——"

蚕丛虽然不愿引火烧身，但他已与蜀安建立了深厚的感情，此时见蜀安径直跑去解救那些熊猫，他自然不会袖手旁观。他说："其实我也并不是不愿出手，只是得想一个万全之策。"他说着便让竹安去追蜀安，自己随后挑选百余名精干人员奔赴岷山。

二十七、救狼

当竹安追出去时，蜀安已经跑出了很远。竹安功夫远逊于蜀安，两者之间的距离自然越拉越远。蜀安也没有想过是否需要别人带路，他的全部心思都放在了金猊那里。

其实金猊的形象在蜀安心中同样十分模糊，甚至远不及多桑夫妇那样深刻。可是蚕丛为了让蜀安摆脱多桑夫妇带来的心魔，有意强化金猊对他的恩惠，于是在蜀安的心里，金猊便是一只与自己极其相像的熊猫，十分善良。从那以后，蜀安自然也在一心一意地当一只善良的熊猫，而这种所谓的"善良"，自是全心全意帮助蚕丛排除困难。这次蚕丛在犹豫着是否要出面消灭恐怖鸟，蜀安便也想蚕丛之所想，随他的犹豫而犹豫。只是金猊的消息一出现，蜀安便又迫不及待地偏向金猊。因为蜀安觉得，蚕丛同样会很想去解救金猊。

蜀安并不识得通往熊猫部落的道路。岷山绵亘逾千里，蜀安在很小的时候虽然生活在熊猫部落里，但他当时根本没有多少印象，后来则大多数时间生活在岷江河谷一带。他只能根据自己的潜意识行走，便不知不觉走进了一条峡谷。那条峡谷正是通往多桑的狼王国，那条路蜀安已走过好几次。可是蜀安没有意识到这一点，他一直往峡谷最里面走去，再沿着山崖攀越着上山。只是这次他没有遇到狼，于是就一直往山上爬去，不知不觉来到了岷山的半山腰。

忽然，他听到一声怪叫。那声音再熟悉不过了——恐怖鸟！蜀安认为有恐怖鸟的地方，就必然有金猕。声音是从旁边的一个山坳中发出来的，蜀安于是加快脚步，折身走了过去。但他尚未接近恐怖鸟，便又听到了狼的嚎叫声，那声音也是如此熟悉——捣奴！

捣奴同样对他有恩，蜀安不假思索便冲了过去。转过山坳，他就看到了一幕极其惨烈的画面，地上横七竖八地躺着不少成年狼的尸体，有两只恐怖鸟还在追逐着多桑带领的狼队。狼队中的狼只剩下了幼狼，他们既显得有些害怕，又有些跃跃欲试。多桑与捣奴夫妇护佑着幼狼们且战且走。他们明知就此抛下幼狼，或许能够逃脱，但他们并没有那样做，他们在竭力与那两只恐怖鸟耗着。

这便是恐怖鸟最为残忍的地方，其实地上的狼尸已经足够他们吃许久，但他们宁愿杀死所有的狼，也不愿这群"弱小"的生物苟活下去。多桑也明知没有力量对付恐怖鸟，但他仍然在做最大的努力，坚持战斗在最后。恐怖鸟也似乎看出了多桑的尴尬，于是玩起了猫戏老鼠的游戏，并不愿意就此将那些狼全部杀死。

蜀安再也忍耐不住，他大吼一声："休得无礼，我来也！"

此时多桑已呈强弩之末，一听到蜀安的声音，顿时他的全部身心放松，一头栽倒在地上。一只恐怖鸟张开巨嘴，露出锋利的牙齿，猛地朝多桑咬去。捣奴连忙跑过来，张牙舞爪地扑向那只恐怖鸟。恐怖鸟见捣奴冲近，想也不想便展翅将捣奴推到了一边。恐怖鸟再次啄向多桑。捣奴急得大叫起来："不要——"

这时一颗石子划空而至，击向了那只恐怖鸟。石子正是由蜀安掷出，他眼见来不及解救多桑，情急之下便捡起一颗石子，朝恐怖鸟丢了过去。这招正是蚕丛从多桑夫妇手中解救蜀安的打法，想不到三年以后，蜀安也以同样的手法从恐怖鸟手中解救多桑夫妇及他们的幼狼！那只恐怖鸟听到声音，试图展翅将石子扇开，无奈那颗石子虽然不及捣奴身体的重量，但绝对在力量上远胜于她。恐怖鸟被石子击得生疼，他怪叫着扭过头来，盯着冲过来的蜀安。另一只恐怖鸟见状，也丢弃了那些幼狼，奔向蜀安。两者的速度都极其迅捷，瞬间聚在了一起。恐怖鸟张嘴欲咬蜀安。而蜀安的欲雨熊掌已呈排山倒海之势朝他们推了出去。恐怖鸟的嘴唇碰到了蜀安的手爪，顿时疼痛难忍，他连忙朝地上吐了一口，只见三颗牙齿掉在了地上。鸟类一般看不到他们嘴中的牙齿，而恐怖鸟则有长长的獠牙，好在蜀安先前已经见识过，此时看到那只恐怖鸟满嘴是血，倒也不以为意。失去獠牙的恐怖鸟，显得更加恐怖，他有些捉摸不定地盯着蜀安。

捕杀多桑的那只恐怖鸟本来是在看着同伴帮助自己，他以为他们任何一只鸟都会天下无敌。此时眼见同伴受伤，遂舍弃了多桑，猛地冲向蜀安。蜀安大吼道："来得好！"

只见蜀安双掌连击，轮流打在了那两只恐怖鸟身上。那两只恐怖鸟疼痛不过，便想开溜。蜀安大叫道："哪里逃！"

他就近一掌击在一只恐怖鸟身上，那只恐怖鸟发出一声惨叫，轰然倒在地上。蜀安想去追另一只恐怖鸟，这时捣奴急了，大声说："快救你爸爸。"

蜀安一惊，连忙舍弃了那只恐怖鸟，他四处张望，却未看到金猍。他于是奔到捣奴身边，问："我爸爸呢？"

捣奴朝多桑努努嘴。蜀安顿时大为泄气。刚才竹安说金猍爸爸遇到了危险，蜀安的全部心思就都放在了金猍那里，他没有联想到多桑居然也是他的"爸爸"。捣奴就说："你爸爸饿了。"

蜀安四下一看，只见地上不是狼尸便是那只恐怖鸟的尸体，此外周边山崖树上还有蘑菇。狼只吃肉，当然不可能吃狼肉，蜀安遂拖起恐怖鸟的尸体来到多桑身边。那只恐怖鸟重逾半吨，蜀安拖着他毫不费力。就连捣奴看了也觉骇然，心想至少也得有十来头狼才能搬得动这样的庞然大物呀！

多桑已经饿极，他看到蜀安将恐怖鸟的尸体拖了过来，再也忍耐不住，一口咬向那只恐怖鸟。恐怖鸟才死不久，身上的血液也还热乎着，味道自是鲜美无比。此时包括幼狼在内都饿了，而多桑一直在战斗，体力消耗更大，饿得尤其厉害。他猛地吞下了好几口，这才注意到众幼狼都在流着口水，眼巴巴地望着他。多桑便招呼众幼狼过来。众狼虽然年幼，倒也知道礼数，不敢逾矩，此时见狼王发话，便都跑了过去。捣奴摇了摇头，最后来到恐怖鸟尸体边，与大家一起大嚼起来。蜀安看到这一幕，便在心中暗想：捣奴虽然凶残，倒也不失为一个好母亲，遇事优雅，不愧为狼王后，当真是母仪天下。

其实蜀安也有些饿了，他也喜欢食肉，但见群狼这副样子，摇摇头，攀上树枝，采摘一些蘑菇和树叶吃了。大家吃毕，就躺在地上休息。蜀安却似有使不完的力气，他用尖石块在地上掏了一个坑，将那些狼尸掩埋起来。多桑见了，暗暗感激。待蜀安忙完，他已喘息均匀，便对蜀安说："多亏你了。"

蜀安忽然问："金貅爸爸呢？"

多桑一怔，半晌说不出话来。捣奴说："我们也不知道啊，我们被恐怖鸟追得四处躲藏，根本顾不了别的。"

蜀安好生失望。暗想岷山那么大，又能到哪里去找金貀爸爸呢？捣奴想了想说："要不我们帮你找吧？"

蜀安盯着捣奴，暗想多桑夫妇曾数度欺骗自己，这次真会帮助自己么？捣奴说："你就放心好了，我们肯定能够找到他。"

多桑也说："放心吧，咱们狼族最是有情有义。你帮助了我们，我们自会竭尽全力回赠于你。"

在当时，一支狼队通常由四五头或是七八头不等的狼组成，也有十余头的大型狼队，而多桑的狼王国则是由数支狼队组成，狼有三百余头。此次狼王国遭遇恐怖鸟追杀，除多桑夫妇外，眼下仅剩下十余头幼狼。多桑知道，没有蜀安的保护，断难在恐怖鸟的眼皮下苟全性命。最好的办法则是时刻跟随着蜀安，以"帮助蜀安找回金貀爸爸"为借口倒也不失为一个好办法。而在另一方面，狼是最懂得感恩的生物，谁若救了他，他便是舍弃性命也在所不惜，他们的确想帮蜀安找到金貀。

此时幼狼们也都歇息够了，便开始拖着吃剩的恐怖鸟肉上路。此时他们早已将恐怖鸟的尸首分解成若干份，每头狼都带有一份。捣奴给蜀安也留了一份，蜀安冲捣奴笑了笑，接在手中。捣奴便伸爪抚摸着蜀安的头，似长辈亲昵孩子一般。

此时蜀安的身形已远大于捣奴，他对捣奴的爱抚倒也不以为意。

大家继续往山上走去。估摸着幼狼们累了，多桑便吩咐大家就地休息；饿了便让大家吃剩下的恐怖鸟肉。然而蜀安并不吃恐怖鸟肉，山上不时有鸟雀、小兽出没，蜀安便捕来吃进肚中。其实蚕丛也曾让蜀安分食恐怖鸟肉，那时候他们煮熟了，蜀安吃得甚是香甜。这次蜀安见狼吃恐怖鸟肉在先，索性不吃。而其他那些兽类的肉，蜀安倒也并没有煮熟，他便学着狼的样子，直接生吃下去。

就在当天夜里，蜀安睡得正香时被多桑的嚎叫声惊醒。狼群里没有其他成年狼，多桑便与捣奴轮流守夜。蜀安原想参加值守，但是多桑觉得蜀安应该保存体力，以对付恐怖鸟。蜀安拗不过他，只得与幼狼们一道睡觉。考虑危险多是发生在下半夜，上半夜便由捣奴值守，多桑则在下半夜值守。现在多桑发出警告，则说明时间已经到了下半夜。蜀安连忙跑出来，他看到3只恐怖鸟正在逼向多桑。多桑不是对手，只得以嚎叫的方式来通知蜀安。蜀安大吼一声，扑向了一只恐怖鸟。

这时另一只恐怖鸟说："小心，熊猫厉害！"

紧接着，那3只恐怖鸟将蜀安围了起来，反将多桑撇在了一边。多桑有心帮助蜀安,但他根本插不进去。此时的多桑早已失去了昔日的狼王风采。白日里他见蜀安击得恐怖鸟无还手之力,他甚至开始怀疑狼族是否真是熊猫们的对手。往日狼族袭击熊猫部落,向来以多对一,专找那些落单的母熊猫下手,也往往得逞。现在看来,或许是对方根本不屑还手,否则早就灭了自己一方。可是熊猫难道真的愿意舍弃自己的生命,也不愿意和狼族争斗么?从与金貅交手的情况看,多桑虽然不是其对手,金貅又似乎力量远逊于蜀安。多桑自然没有想到蜀安天赋异禀,在与其他生物的交流上是"白痴",而在功夫上绝对是"天才"。

此时蜀安早已睡眠充足,变得精神抖擞。他挥掌直击那3只恐怖鸟。恐怖鸟的体形较蜀安要大许多,围着他反而施展不开手脚。蜀安挥掌打向他们,可谓一打一个中。过了一会儿,那3只恐怖鸟似乎意识到了这一点,便变换队形,试图让蜀安应接不暇。可是此时蜀安的速度已不逊于恐怖鸟,他仍能击中恐怖鸟。恐怖鸟便再次变化战术,两只恐怖鸟退出战斗,只剩一只恐怖鸟与他交手。

多桑大喜,暗想如此甚好,蜀安可以全身心对付一只恐怖鸟,不会分心。他连忙聚起精神,提防另两只恐怖鸟忽然转身对付狼族。此时捣奴带着幼狼们已经来到了战场,那些幼狼以前也曾看到过战斗场景，往往都是狼族胜，别的生物败。后来狼不断被恐怖鸟杀死，一下子打破了狼族天下无敌的神话。众幼狼正好学习观摩战斗招数。

很快地，多桑的心情变得沉重起来。另两只恐怖鸟并没有袭击狼族，他们是在使用车轮战术。蜀安始终是独自一人，而恐怖鸟一旦累了，便退下来休息，由另一只恐怖鸟替补。而与蜀安战斗的那只恐怖鸟，也并不似白日那样拼命蛮打，他们懂得躲避，故意消耗蜀安的体力。

多桑急忙说："蜀安，小心他们的车轮战术。"

其实蜀安是一个天生的战士，他虽然不擅长交流，但对战斗有着非同一般的敏锐。他很快就明白了恐怖鸟的企图，见多桑提醒自己，遂说："你放心好了，我这就解决他们。"

原来蜀安的欲雨熊掌，既似"山雨欲来风满楼"，又似"欲取先予"，即有诱敌之意。他在战斗中，偶尔卖个破绽，引诱恐怖鸟出招。有两只恐怖鸟没有经历过白日的惨状，根本无法想象蜀安的厉害。很快便有一只上当，他展翅击向蜀安，蜀安瞅准他的下颚，一掌击了过去。那只恐怖鸟发出一声闷哼，倒在了地上。另一只恐怖鸟连忙扑过来相救，他扑救甚急，此时蜀安已收回了熊掌，复挥掌击了过来。那只恐怖鸟无暇躲闪，再次被他击中，他一时还没有倒下，疼得怪叫着直往后退。蜀安接连出掌,不断击打在对方身上。终于,那只恐怖鸟倒在了地上。

蜀安准备寻另外一只恐怖鸟时,已然不见。多桑说:"他已经逃走了。"

蜀安本想问多桑:"那你为什么不截住他?"

但他没有说出口。多桑自然无法截住那只恐怖鸟,但他至少可以提醒蜀安。只是他也在心里盘算,岷山上究竟有多少只恐怖鸟呢?谁也无法说清。眼下只有放回那只恐怖鸟,让他引来其他恐怖鸟,再陆续将他们杀死。若是所有恐怖鸟全部聚在一起,只怕蜀安再有本事,也未必是其对手!

二十八、救族

次日，多桑率领大家继续赶路。下午，他们再次遇到过恐怖鸟，只是这次蜀安甚是机警，将那几只恐怖鸟悉数毙于掌下。多桑顿时直顿足："可惜了，你这样便无法引来别的恐怖鸟。"

蜀安一怔，暗想可不是么？难道昨夜多桑是故意放走了那只恐怖鸟？

当下大家便又继续往山上走去。一路行来，山势更加陡峭。此时蜀安与众狼还没有到达山顶。多桑走得甚慢。蜀安不觉有些急躁："怎么还不到啊，万一金貅爸爸遇险咋办？"

多桑便说："金貅足智多谋，定会躲开恐怖鸟。你得养足体力，以逸待劳，否则便是恐怖鸟来了，你也没了力气。"

蜀安便不再言语了。其实狼族一直生活在较低的峡谷一带，多桑担心幼狼乍到高寒地带，体力会吃不消。虽然狼族颇有毅力，为了目标可以付出极大代价，但是现在形势不同，仅剩下十来头狼，多桑得保存这些"星星火种"，期待来日形成"燎原之势"。多桑不便明说，遂如此解释一番，倒也让蜀安信以为真。

这日，蜀安忽然听到怒吼阵阵，先是一怔，旋即大喜，对多桑说："是蜀山人类！"

多桑也听到了，他心里便不由得忐忑起来：蜀山人类似乎更愿意与熊猫相处，而对狼族总是势同水火，此时人类势力较大，而狼族式微，他们会不会趁机消灭狼族呢？狼族若是没有命丧恐怖鸟之吻，反倒命丧于体力不及狼族的人类之手，那岂不亏大了？

这时又传来了恐怖鸟的怪叫声。蜀安再也忍耐不住，率先冲了过去。多桑只得率众跟在后面。

此时蚕丛带领百余精壮汉子个个手持弹弓，与6只恐怖鸟对峙着，而竹安也夹在了蜀山人类里面。双方显然经过角逐，那些恐怖鸟识得弹弓厉害，不敢近身。蚕丛等人也不敢轻易射出弹弓，以防泄底。人类不时发出怒吼声，恐怖鸟便也以怪叫声回应。其实恐怖鸟远胜于人类，但他们忌惮蚕丛及其5个随从手中的弹弓。那6把弹弓正是由恐怖鸟的6只脚爪制成，与他们对峙的6只恐怖鸟于是心存恐惧，他们知道岷山上一直没有天敌，但没想到这些直立行走的生物居然强过他们，还拿恐怖鸟的肢体制成武器，再反过来打他们。他们便不敢轻举妄动。

当蜀安冲过来时，一下子便打乱了双方的阵脚。蚕丛那边已有人欢呼起来："六指战士！"

那6只恐怖鸟似乎有些恼羞成怒，仿佛他们的胆怯陡然被外人识破了一般。他们忽然一齐扑向蜀安，蜀安便挥掌还击。当下双方一交手，那6只恐怖鸟便知道遇到了劲敌，于是变得慎重起来。

这时多桑率领众狼也出现在了战场上。人群再次惊呼："狼来了！"

多桑略显尴尬，忙说："咱们是朋友，恐怖鸟才是敌人。"

众人仔细一看，心想可不是么？多桑都成孩子王了！多桑害怕恐怖鸟忽然袭击幼狼，便率群狼往人群里面靠。众人担心多桑使诈，便不由自主地往旁边挪了挪。多桑更觉尴尬，只得赔着小心地向众人笑了笑。然而两支队伍最终也未能合在一起，狼族与人群形成了一条十分明显的界线。而蚕丛等几人也没给多桑好颜色，他们狠狠地瞪着多桑，恨不得立即将这些坏蛋杀死！

捣奴忙给多桑解围，说："以前多有得罪，眼下恐怖鸟甚是可恶，咱们应携起手来，共同对付恐怖鸟。"

众人这才将目光移向战场。那几只恐怖鸟先是一阵猛攻，但很快就发觉蜀安在他们之中穿梭游走，甚是敏捷。蜀安还不时瞅准时机发起进攻，而且每发必中，被打中的恐怖鸟疼痛不堪。如此时间一久，那些恐怖鸟便不敢蛮攻。

蚕丛见双方僵持起来，担心会有大批恐怖鸟赶来增援，就说："蜀安，快快杀死他们，金猴被他们困在了山洞里面。"

蜀安顿时来了精神，使出的掌法愈发凌厉。其实蜀安作为天生的战士，每经历一次战斗，功夫便会精进一分。他与恐怖鸟数度交手，已摸清了恐怖鸟的招数，不外乎翅扇、嘴啄、爪抓。恐怖鸟的速度极快，蜀安在与之战斗中，也自然而然地加快了速度。此时蜀安与那6只恐怖鸟作战，与在巫山外面初次与恐怖鸟交手时自是不可同日而语。那6只恐怖鸟知道不是蜀安的对手，便要逃走。有只恐怖鸟刚刚逃出几步，这时一颗石子破空而至，打在了他的头上，他顿时疼得大叫起来。

这石子正是蚕丛发出来的。其余恐怖鸟不明所以，也陆续中招。蜀安趁机将他们逐一杀死。

等消灭了那些恐怖鸟以后，蚕丛便去扒开一个铺满青草的山崖，那里顿时现出一个洞来。蚕丛高声叫道："出来吧，他们已经走了。"

过了老半天，才从洞口探出一个熊猫头来，却是洞哥。此时洞哥与蜀安已经互不认识，但是洞哥与竹安相识。竹安大喜，说："洞哥，快叫金猴爸爸出来，恐怖鸟已经被消灭了。"

洞哥已一眼看到了地上躺着的恐怖鸟尸体，他也顾不得与竹安搭话,便又忙不迭地钻进了洞中。不多久,金貅便带着一干熊猫走了出来。金貅抚养的熊猫全都是弃儿,大多自幼身体孱弱,成长期也就相对于别的熊猫要慢。倒是蜀安与人类生活在一起,由吃生食变为吃熟食,成长较快,早已长成了成年熊猫。他较洞哥要小两岁,现在看来则是一般大小。

蚕丛指着金貅对蜀安说:"他就是你的金貅爸爸。"

蜀安连忙张开双爪,扑了过去。金貅见是一只陌生的熊猫向自己表示亲热,有些不解。岷山上的熊猫他差不多都认识,怎么就没有看到这只陌生的熊猫呢?

蚕丛大声对金貅说:"金貅,他是蜀安。"

金貅顿时惊喜万分:"蜀安,你已经长大了?"

蜀安已经来到金貅身边,一下子扑进了他的怀里。金貅抚摸着他的头,仔细看着蜀安的样子。其实他回去后便曾听花刺子说过,蜀安早已融入了人类,如今乍一看到,他仍然有些不相信。直到抚摸到蜀安的真实的身体,这才信了。只是他没有想到与洞哥他们同样孱弱的蜀安,咋就会长这么快呢?

这时夵花也跑了过来,她拉着蜀安的胳膊说:"蜀安,你长大了!"

蜀安疑惑地望着夵花。金貅说:"她是夵花,小时候一直

215

在保护着你。"金貅说着便盯了一眼洞哥。洞哥想起小时候曾经欺负过蜀安，便吐了吐舌头。

蜀安也没有注意到洞哥的表情，他扭头望了一眼竹安，又回头对金貅说："爸爸，我听竹安说你还活着，我可高兴坏了。"

金貅便看了捣奴一眼，说："我当然还活着，说起来还得感激捣奴呢。"

捣奴便有些尴尬。原来那日山洪冲走金貅，刚好被捣奴等狼族看到。狼族一直生活在峡谷地带，时常遇到山洪，便日渐掌握了应对山洪的技巧。他们看到金貅，便用树枝将金貅挡住，不让山洪冲走。熊猫生存的技巧与"道"相通，讲究顺其自然。这金貅是得道的熊猫，他一旦抓住树枝，便顺着往上爬。而狼向来以勇猛著称，他们以树枝在水中相救金貅，则是以刚济柔。

等金貅爬上岸来，已是奄奄一息。捣奴吩咐手下将其捆住。她想先去金貅家中救出丈夫，再回来杀死金貅泄愤。同时她还另有打算，倘若施救丈夫不成，就拿金貅去作交换。没想到那次她去金貅家里，正好遇到洞哥与孕花两派发生争吵，便连看守多桑的那几只半大熊猫也跑去参与吵架，所以熊质交换根本不需要，她直接就救出了多桑。

但当多桑与捣奴赶回狼族老家时，他们发现金貅已逃走了。金貔被他们捆住时,当时他没有力气,只得任由他们摆布。等捣奴走后不久,金貔渐渐复原,于是挣断捆绑,逃了出去。

蜀安见金貔也说感激捣奴,内心便又由衷感到高兴,暗想捣奴既救了自己,又救了爸爸,自己今后无论如何也不要再与她作对。他患有自闭症,思考问题时便不似常人,自然没有料到金貔的言语有些调侃捣奴的味道。

这时竹安跑了过来,对蜀安说:"还好,你终于找来了。"

原来竹安熟悉同类的起居,容易找到同类。而蜀安与多桑一道,多桑做事向来喜欢知己知彼。他同样熟悉金貔的情况,便也顺着找来了。只是多桑得考虑幼狼们的体耗,行走极慢。而竹安迫切想要解救其他同类,走得甚急,他们后出发,反而率先找到金貔。

其实金貔也做好了准备,他们深挖了一个山洞。恐怖鸟体型较大,无法进入。但也有一个弊病,恐怖鸟只要长期守候在外面,山洞里面弹尽粮绝,熊猫们即使不被恐怖鸟杀死,也会饿死。但这也是无可奈何之举啊!

此时金貔见竹安与蜀安相熟,便说:"原来你们弟兄都相互认识了。"

这话直听得竹安与蜀安都莫名其妙。蜀安问:"你说什么?我和他还是弟兄?"

金貗叹了一口气,说:"你们当然是弟兄,你们的母亲都是花獏。"

蜀安与竹安便都相互打量着对方,仿佛他们还是第一次见面似的。半晌,蜀安便问出了第二个问题:"那么竹安也叫你爸爸么?"

"熊猫爸爸"的称号只是那些弃儿熊猫对金貗的尊称,其他熊猫断不会如此叫他,最多叫一声"熊猫博士"。可是还因为金貗的多管闲事,就连"熊猫博士"也懒得叫了,他们无论长幼,索性对他直呼其名。至于竹安叫金貗"熊猫爸爸",也只有当着蜀安的面叫过几次,这还是他出于激发蜀安出手解救同类的目的。竹安之前也曾听说过蜀山人类那里住着一只熊猫,但他做梦都不会想到这只熊猫居然会是自己的哥哥,毕竟没有人会当着他的面诉说他的母亲遗弃了另一个婴儿。此时他对蜀安只觉百感交集,其心情难以言表。

等大家休息了一会儿,竹安便催着蜀安去救母亲。此时蜀安正与尕花说着话,便不愿理他。当大家休息时,蜀安仍不忘与尕花交流。动物与人类一样,雄性与雌性待在一起,便不由自主地生起了一种亲近感。蜀安已完全不记得尕花了,尕花虽不认得现在的蜀安,但还知道蜀安小的时候。彼此见了,便有说不完的话。蜀安问起了自己的身世,了解自己与竹安的关系。尕花于是道出了熊猫部落的秘密，母熊猫是女汉子，喜欢独自抚养孩子。但是那些被她们抚养的孩子必须身体健康，否则就要被遗弃。蜀安由此知道自己原来不过是一个弃儿，心中闷闷不乐，便不愿去救花獏。

此时金狨也从蚕丛那里得知了蜀安的情况。他一直希望洞哥能够发展壮大熊猫部落，没想到这次拯救熊猫部落的使命却落到了蜀安身上。他说："蜀安，咱们只有消灭恐怖鸟，才能拯救整个世间生物。你这次不只是为了解救你的母亲，而是为了消灭恐怖鸟，拯救整个世上的生物！"

金狨的话虽然有些违背情理，但绝对有效。果然，蜀安决定担起大任。

二十九、秘密

"恐怖鸟、熊猫与人类,其实都是龙的传人。"这话简直匪夷所思,但真相就是如此残酷!

龙生九子,九子的形态、品行各异。东方人类一向质朴、和善、友好,属于善良的龙种。而熊猫一向恬淡隐忍,与世无争,亦称貔貅,被称之为凶猛的瑞兽,同样属于吉祥的龙种。两者本性善良,于是在夏末商初之际,尽管彼此有争斗,但总能和谐共处,这便是一种天然的血缘亲近感。而恐怖鸟,虽然也为龙种,却十分邪恶,异化为另类。

恐怖鸟的祖先即为恐龙,是远古时期世上最庞大的生物。他们自东方而出,因身形巨大,食量惊人,东方的食物难以满足他们,于是四处猎食,奔赴西方,当时西方属于邪恶的世界,这些恐龙受到邪灵的侵蚀,日渐变得邪恶起来。当他们返回盆地时,已经变成了邪恶之龙。邪恶之龙认为熊猫与人类侵占了他们的财产,导致他们四处流浪,便开始与熊猫和人类作对,逼得熊猫与人类不得不四处躲藏。那段时间,人类便经历了漫长的混沌状态,而熊猫也只能被限制在岷山海拔二三千米的缓坡上。其余所有地方,都成了恐龙的世界。

后来熊猫先祖出现了一位功夫盖世的尊者,名叫蜀一。

蜀一受神龙之托，打败了这些邪恶的恐龙，陆续将他们杀死。眼看蜀一就要消灭掉最后一只恐龙了，这时神龙走了出来，他心怜这些后代远赴西方，误入歧途，有心要将他关押一阵子，待他摆脱邪灵的控制后再行放出来。于是那只唯一幸存的恐龙便被蜀一尊者封在了岷山之中。

由于没有恐龙肆虐，世上其他生物开始得到迅速发展。又过了数千年，人类误撞岷山，揭开封印，恐龙由此得以解脱。只是这时恐龙历经数千年，世事变换，非但没有悔改之意，反而变得更加邪恶。他总结自己没能战胜蜀一尊者的原因，是由于速度不够快，于是躲在岷山上勤修苦练，最后身体长出双翅。但他并不能像鸟儿那样飞翔，只是速度较以前快了许多。同时他还衍生出了不少子女。这种长翅膀的恐龙便成了新的物种——恐怖鸟。

恐怖鸟横空出世后，世间生物再次面临着灭顶之灾。恐怖鸟不分善恶，以噬血为乐。世上其他猛兽只要能够填饱肚子，便不会主动向弱小者挑起战争，因为生物们也懂得不能"竭泽而渔"的道理。但是恐怖鸟不一样，他们对蜀一尊者心生恨意，由此恨上了蜀一尊者的所有后代——熊猫。甚至以讹传讹，认为只要吃掉初生的熊猫婴儿，便可以增长功力。

恐怖鸟灭绝了世上的大多数生物，就连熊猫部落也对其无可奈何，只得再次东躲西藏，惶惶不可终日。后来熊猫部落里的另一位尊者渝乐出世了，他无意之中得到了神龙的真传，打败了恐怖鸟，并再次将恐怖鸟封在了岷山之中。

为了避免恐怖鸟逃脱，渝乐尊者还将那里列为熊猫禁地，禁止熊猫出入。由于熊猫禁地位于熊猫的地盘之中，人类无法到达那里，如此世上便又过了数千年的安宁日子。

不成想数年前，蚕丛在岷山高处发现熊猫禁地里金光闪闪，以为是宝物，便想潜入那里察看。那时熊猫与人类互相为食，蚕丛不敢轻易招惹熊猫。但熊猫也有疏忽的时候，蚕丛瞅准机会，看到了那块形似男性生殖器的石头上面长着一株桑树，而树上的小虫子口中吐丝，结成蚕茧，新茧在阳光下闪闪发光。蚕丛当即将蚕茧拿回蜀山氏族，试图解开蚕丝的奥秘。几经测试，他知道蚕茧可以用来织绸，用丝绸制作的衣服与兽皮、亚麻布衣服相比，可以显示尊贵。

蚕丛决定悉数拿走那些蚕茧和蚕虫，没想到触动了机关，弄掉了封印，封印上面的咒语便不再起作用。很快地，恐怖鸟在地下得到了放松，他知道身上的枷锁已经解开，于是奋力挣扎，最终从地下逃了出来。

可惜蚕丛当时还在回部落的路上，并不知道自己惹了大祸，还以为只是遇到了一次强烈地震。而熊猫部落里，其他熊猫都认为恐怖鸟只是一个传说，只有金貅知道后果很严重。他无法说服其他熊猫共同对付恐怖鸟。在打退恐怖鸟企图吞食蜀安后，他自己也已力竭，而这时恐怖鸟也忽然不见踪影。

其实，那时恐怖鸟虽然挣脱了封印，但耗力过大，身体受伤，只得潜入深山修炼。大约过了一年，他的身体复原，之后又找到了被封之前那些存世的恐怖鸟蛋，使用法力让他们孵化，最后炼就了49只恐怖幼鸟。他自己则成为恐怖鸟王，自称好莱鸟。又过了两年，恐怖幼鸟长大，好莱鸟便带着他们四处作恶。

再说金貅一直盘算着与人类结盟，共同对付这个物种。可是他事未成，就被洪水冲走，还很快被捣奴救上岸来。金貅逃脱狼窝后回到家里，见花刺子已将那些弃儿全部转移，暂时不会受到狼族伤害。他便前往打听好莱鸟的下落，他担心好莱鸟身体复原，更担心好莱鸟找到那些恐怖鸟蛋。可是事也凑巧，他始终没能找到好莱鸟。

直到这年夏天，岷山上到处鸡飞狗跳，大小动物纷纷逃窜，金貅便已知道，好莱鸟复出了。金貅于是赶回熊猫部落，提醒大家逃跑。那时狼族因在人类面前屡战屡败，以致人类东迁至成都平原，他们不得不再次将目光转向熊猫部落。熊猫部落不胜其烦，也决定迁走。金貅费尽工夫才找到熊猫们，而这时恐怖鸟也赶来了。紧接着竹安等熊猫被追着往东方逃走，其余熊猫则在金貅的帮助下陆续往北边迁移。

金貅在迁移时被几只恐怖鸟堵在了那里。金貅只好打洞让大家往洞里面钻。恐怖鸟甚是狡猾，决定往洞中投掷石子之类彻底堵死金貅，以报蜀一、渝乐封闭他们之仇。刚好这时蚕丛与竹安赶到。竹安此时属于热血青年，识得金貅的法子，便请蚕丛与那6只恐怖鸟对抗。紧接着，蜀安赶了过来，这才彻底解了金貅之围。

当下金貅要蜀安切实担当起责任来。自闭症患者往往就是这样，他认定了的事情，便会坚持下去。蜀安也不例外，他最初听恩人蚕丛的话，现在又开始听另一位恩人熊猫爸爸的话。

当下熊猫、狼族与人类结成同盟，继续往北边搜寻。金貅与蚕丛都足智多谋，寻找起来相对更加容易。

盆地与北方因山相隔。在蜀人看来，这座山叫北岭；而在北方人看来，那里被称为南山。最初还有北人认为这座山是南方的终点，将其称之终南山，直到秦国扩大地盘后，始将山名改为秦岭。广义的终南山既包括狭义的终南山，还包括岷山一带。古人所谓昆仑山便是指秦岭一带，而岷山更是被北方称作天庭，认为是天帝居住的地方，常人根本无法到达那里。此时熊猫部落为了躲避恐怖鸟的袭击，他们不得不向北翻越北岭，继续北迁。以前熊猫只能在岷山南边的半山腰生活，现在陡然爬到更高的山上，其实也是一件相当危险的事情。那些翻过北岭的熊猫在恐怖鸟消失之后，深感爬山之苦，于是决定留在北方定居，所以现在甘肃、陕西一带均有大熊猫存在。

一路上，熊猫、狼族与人类组成的联合部队不时收拢散落的熊猫，也偶尔遇到恐怖鸟。此时蜀安越战越勇，消灭恐怖鸟便也越来越容易，胜利的曙光眼看着就要到了。按照金貅的猜测，恐怖鸟共有49只，乃是七七四十九之意。恐怖鸟属于龙种，亦按龙的传统布局。而真正最厉害的当数这49只恐怖鸟的鸟王——好莱鸟。但是蜀安心情高兴，对此浑不在意。

又过了一日，他们来到北岭山顶。天气变得异常寒冷，而在狂风中，蜀安隐约听到了熊猫们的惊叫声，还夹杂着恐怖鸟的怪叫声。

蜀安遂对蚕丛与金貅说："不好，前方有很多恐怖鸟。"

蜀安说着便冲了过去。蚕丛与金貅便也率领大家急忙往前赶。此时，那里正乱成一团。不少熊猫都已受伤，有只恐怖鸟还发出了狂妄之言："几千年前，蜀一、渝乐先后将我们祖先压在山中，今天，我们也要灭你们熊猫的族！"

蜀安这时刚好赶到,他厉声说:"好狂妄,你们恐怖鸟都被我消灭得差不多了。"

蜀安的声音甚是响亮,一下子压住了大家的声音。战场很快就平静下来,双方便似死了一般。很快地,一只恐怖鸟冲了过来,他以为蜀安也不过与其他熊猫一样,最多健壮一些罢了,但无论如何也不可能是他们的对手啊!

可是那只恐怖鸟还是失算了,蜀安仅一掌便打得他晕头转向,接着再补了一掌,那只恐怖鸟便软软地倒在了地上。

其余恐怖鸟顿时如同发了疯一般,纷纷抛弃了面前的其他熊猫,一齐朝蜀安涌了过来。此时蜀安又经金貅调教,他的身子变得更加灵巧。他左右开弓,连连出掌。很快地,恐怖鸟倒地一遍。而此时,金貅与蚕丛才刚刚率领联合部队赶过来。

竹安一眼就看到了熊猫中的花獏,他大叫一声:"妈!"便跑了过去。

蜀安虽然在与敌人作战,但此时只剩下最后一只恐怖鸟,便不似之前那样全神贯注。此时他听到竹安的叫声,只觉浑身一震,竟然差点被那只恐怖鸟的利齿啄中。好在那只恐怖鸟颇有自知之明,他知道不是对手,一啄不中,便逃跑了。

他得通知好莱鸟,他们遇到了劲敌!

三十、终决

英雄是大众的儿子，绝不是哪一个母亲所能拥有。

金貅单单一句话，便使蜀安消除了对花獏的隔阂。无论蜀安成长为什么样的英雄，他都已经打定主意，决不认这个抛弃自己的母亲。但当金貅对他说出这句话时，蜀安最终还是认了花獏。

花獏也绝对不会想到，她遗弃的儿子居然会成为熊猫中的英雄，甚至可以拯救世上所有的生物。她或许有些后悔当初的选择，可是在那样的情况下，她又真能选择带走蜀安么？直到后来，仍是金貅在安慰她："假若蜀安没有这样的经历，他不可能成为英雄。"花獏也就释然了。

然而还没等蜀安与花獏叙述完别离之苦，恐怖鸟王——好莱鸟便带着残余的恐怖鸟追过来了。好莱鸟怎么也无法想到当初差点成为自己食物的熊猫婴儿如今已成了自己的劲敌。他怪叫道："我当初就应该啄食了你。"

一旁的金貅接过话茬说："我当初就应该杀了你，也不至于现在岷山出现生物大迁徙。"

好莱鸟不听此话尚好，一听更是怒不可遏，心想当初就是金貅坏了他的好事，以致同类们损兵折将。他忽然冲向金貅。

金猊也已看到好莱鸟的一举一动，可他就是无法避开。对方的速度实在太快了！金猊心头大骇，好在一旁的蜀安也注意到了好莱鸟的一举一动，当下便伸掌朝好莱鸟击了过去。

好莱鸟只得转身朝蜀安啄来。嘴与熊掌相对，好莱鸟只觉尖嘴一麻，而蜀安却觉得熊掌巨疼。至此蜀安才知遇到了劲敌，起初他认为好莱鸟不过比别的恐怖鸟稍微厉害一点罢了，现在才明白那些恐怖鸟在好莱鸟面前简直不值一提。其实好莱鸟被渝乐尊者封押在地下之前便已横行世上，少有敌手。被封押期间，虽无功力增长，但他无时无刻不在反思，逃脱封印后功力便迅速增长。而其余恐怖鸟，乃是好莱鸟运用法力孵化出来的幼鸟，来到世上才两年多时间，其功力自然无法与好莱鸟相比。

蜀安首个回合失利，便开始加强戒备。其实好莱鸟同样也很震惊，他知道眼前的蜀安兴许就是当年渝乐一样的熊猫尊者，看来更应该及早消灭，以防做大。好莱鸟的羽毛忽然变得蓬松，猛地朝蜀安冲过来。蜀安便挥掌还击。

好莱鸟个头大，使用翅扇、嘴啄、腿踢等招式。蜀安个头偏小，便也自然而然地使出了当年金猊应对好莱鸟的那一招，专攻下半身。只是当年金猊使用一根破竹棍，成为"地趟棍"，而这次蜀安则是以掌直击，变成了"地趟掌"。恐怖鸟一向是长跑中的冠军，其腿脚自然十分有力，蜀安掌掌击打在好莱鸟的腿脚上，好莱鸟似乎没有反应。但这只是表面现象，好莱鸟同样在叫苦不迭，蜀安每击一掌，他的腿脚便会疼痛一次。接连中掌，腿脚焉有不受伤之理？

双方斗了好一阵子，蜀安始终无法取胜。他忽然想起金貅给他讲过，应对洪水只能随波逐流，顺应自然。蜀安于是改变策略，待好莱鸟进攻时，他便跳跃着躲闪。好莱鸟见此大喜，暗想自己虽然腿脚受伤，蜀安的熊掌何尝没有受伤呢。他于是怪叫着继续扑向蜀安。

双方又周旋了许久，好莱鸟见蜀安始终以守为主，可是自己根本无法击中对方，他忽然醒悟：对方是在消耗自己的体力。他怪叫着说："有本事咱们就对打。"

蜀安虽然不谙世上生物间的狡诈，但他的自闭症往往就是一根筋，认定了的事情便是死理。他也不管好莱鸟的激将，继续躲闪着他的进攻，嘴里直说道："咱们这就是对打呀。"

好莱鸟一面进攻，一面说："若是对打，咱们就得好好地打，你别一味地躲闪。"

蜀安说："躲闪同样是对打！"

好莱鸟只觉与对方没有共同语言，想招呼众恐怖鸟逼住蜀安。谁知他扭头一看，便发现蚕丛已经带领人类对恐怖鸟进行了围剿。在恐怖鸟面前，若是单打独斗，人类或许不是对手。但是人类很有智慧，懂得使用武器。蚕丛与众人使用弹弓逼住了恐怖鸟——这可是莫大的讽刺，他们的弹弓本就是用死了的恐怖鸟的脚爪制成，又将之用来对付其余恐怖鸟。

再强大的生物只要犯了众怒，便会变成弱者。好莱鸟终于明白，即使没有渝乐，也会有另一只熊猫打败他。即使没有熊猫，兴许还会有其他生物，或许是狼，或许是人类，总有一个劲敌在候着他。

好莱鸟同样不笨，他知道自己已落下风，便怪叫一声，招呼同类逃跑。可是人类、熊猫与狼族早将那些恐怖鸟团团围了起来。好莱鸟只得扭头便走。蜀安大喝道："哪里逃？"

他一跃而起，跳在了好莱鸟的背上。好莱鸟大吃一惊，连忙就地打滚。只是好莱鸟虽然动作敏捷，但他到底不比蜀安。在生物之中，熊猫天生就有打滚的本领，显得随心所欲，而蜀安更是熊猫打滚之最。蜀安意识到了好莱鸟的用意，遂伸掌向好莱鸟的脑袋击过去。脑袋是好莱鸟的中枢，更是其最脆弱的地方。蜀安一下子就将好莱鸟打得晕了过去，好莱鸟就此倒地不起。蜀安见好莱鸟身子软软地倒下，便顺势一滚，回到地面。待双脚着地后，他接连数掌击在好莱鸟的脑袋上，好莱鸟顿时脑浆迸裂。

恐怖鸟一方已经彻底失去了斗志，而联合部队一方则是愈战愈勇。但是好莱鸟作为恐怖鸟王，早已炼成了真元护身。他的肉身一死，其真元便从脑中一跃而起，腾空而去。蜀安看得真切，欲抓住好莱鸟的真元，但真元早已离开了他的掌控范围。蜀安大吼一声，用尽全力，挥掌击向真元。好莱鸟的真元顿时四分五裂，化成了49只拳头大小的"恐怖鸟"。那些恐怖鸟同样长着尖尖的牙齿，他们一见蜀安追来，便展翅四散飞走。蜀安紧追不舍，一些小恐怖鸟便闪身钻进了人类的屋檐下面。当时蚕丛已率人迁至平地，这次他率人协助蜀安捕杀恐怖鸟，复又回到山上，而且是来到了之前未曾到达的高度。山上寒冷，他们便临时搭建房屋，小恐怖鸟飞入的地方正是那些临时房屋的屋檐。

蜀安不觉眉头紧皱，不知该如何处理。只听一人说："便是拆了房子也要抓住他们！"

不用回头，蜀安也知道说话之人正是蚕丛。此时大家已将其余恐怖鸟消灭掉了，他们便跑来帮助蜀安。蜀安双掌攀跃，很快就爬到屋顶，开始拆除屋顶。一些小恐怖鸟见了，只得飞向另一处屋檐。众人见他们如此狡猾，遂开始拆除所有屋顶。不多时，屋顶皆被拆除，而小恐怖鸟毕竟只是真元成形，更何况初始学会飞翔，同样疲惫不堪。有只鸟大声说："我甘愿服输,你们就别逼我了。"

蚕丛有些犹豫。一只小恐怖鸟忽然飞向蚕丛,蚕丛连忙摆开架式,谁知那只小恐怖鸟停在了他的肩上,哀求说:"求求你们放过我们吧,我们愿意投降。"

这时金猴也说:"放过他吧。"

大家都盯着金猴,金猴便慎重地点点头。原来金猴在想:龙生九种,恐怖鸟由最初的恐龙转变为稍小的恐怖鸟,此次变成更小的"小恐怖鸟",实际上已经成了另一种生物,翻不起大浪了。但若相逼太甚,或许会惊动神龙出面干预。金猴可不愿意劳驾老祖宗出面!最终大家统一了意见,放过了那些小恐怖鸟。

之后那些小恐怖鸟便一直在人类的屋檐下生活,人类考虑其毕竟因为龙种,遂称之为"偏蝠","蝠"有"福"字之意,只是路走偏了,以致非兽非鸟,是谓"偏蝠",亦称为"蝙蝠"。后来有些蝙蝠缺少食盐,无法飞翔,翅膀退化,只能生活在地上,人类将其称为"老鼠"。以"老"字来形容小生物,也只有老鼠一种,足见其资历之老。现在四川一带,传闻老鼠偷食了食盐,便会重新长出翅膀,变成蝙蝠,于是人类称蝙蝠为"盐老鼠";又因其生活在屋檐下,也有人称其为"檐老鼠"。人类从夏末商初算起,一直与鼠类共存,历次医学实验,总是先使用在老鼠身上，说是老鼠的基因与人类相似，盖因同属龙种之故。

停在蚕丛肩上的那只小恐怖鸟没再溜走，之后便一直跟着蚕丛，随他捕猎和修行。二郎神身边除哮天犬外，还带有一只扑天鹰，人们不知其为何种生物，他其实就是这只小恐怖鸟。

再说人类、熊猫与狼族三方联盟消灭恐怖鸟之后，金鹤恼怒狼族先前曾偷袭过山羊，便提议就此消灭狼族。多桑大惊，显得不知所措，捣奴连忙用祈求的眼光盯着蜀安。蜀安暗想狼族于己有恩，便请求蚕丛放过狼族。蚕丛向来以德服人，自然懂得有恩必报的道理，遂答应了蜀安的请求。

多桑当下谢过蚕丛与蜀安，并表示将远离人类，居于山顶，不再与大家为敌。他说着便率领狼族成员离开了大家。多桑没有食言，之后果然居于山巅，那里气候环境十分恶劣，他统治的狼族生存更加艰难，但狼族再也没有下山捣乱。之后狼族的后代日渐演化成为雪狼。在高山上，他们"通讯靠吼"，而且需要大嗓门，其嚎叫声越来越成为狼的通用语言，进而丧失了与人类的共通语言。

那几年，人类与熊猫早已互不侵犯，金鹤自不会再提出对熊猫不利的建议。当下蚕丛便率领众人回到青衣江一带。

233

蚕丛想让蜀安跟着回去，但是蜀安对金貅心存感激，便想多待一段时间，蚕丛只好由他。

待人类走后，金貅对众熊猫说："熊猫部落只有改变生存方式，才能在大自然中立足。"

大家经此磨难，对金貅的话深信不疑。特别是那些母熊猫，他们看到花刺子跟着金貅，满脸写着甜蜜，并没有因为丧失"女权"地位而感到失落，便决定改变生活方式。又因蜀安是拯救大家的功臣，一致尊他为首领，从此熊猫部落也开始发展起来。

也不知过了多久，蜀安忽然特别想念蚕丛，他便辞别众熊猫，重返人类聚居地。蚕丛见了大喜，对其更加倚重，时常将其带在身边。众人见了，都说："虽说狗也忠诚，但他们只要一遇到狼，就要叛变。而蜀安，他可以置熊猫首领位置而不顾，忠诚地追随大王，实在值得尊敬。"

蚕丛爱怜地抚摸着蜀安的头说："蜀安其实就是我的狗啊。"

帝王之言，向来一言九鼎，之后人类便以狗来称呼蜀安。蚕丛修成二郎神后，蜀安便成了哮天犬，始终忠诚地追随于二郎神左右。至今还有一些人称呼熊猫为"金狗"，意在说明熊猫可不是一般的狗。

只是蜀安无论是熊猫，还是狗，他都性喜把玩圆形玩具。于是，"天狗吃月"在晴朗的夜空中上演了一幕又一幕。当然，蜀安并没有真正地把月亮吞进肚去，他只不过是喜欢把圆形的物品含在嘴中玩耍罢了。